御《ご》落《らく》胤《いん》の槍——御庭番の二代目6

第一章　中山道《なかせんどう》の一味

一

「父上、参りました」

宮地加門《みやぢかもん》が家の前に立つと、待っていた父の友右衛門《ともえもん》がすぐに中から現れた。

「古坂《ふるさか》家に行くぞ」

そう言って、父は先立って歩き出す。

江戸城を見上げる外桜田《そとさくらだ》の一画に、この御庭番《おにわばん》の御用屋敷はある。御庭番十七家が、この鍋島藩《なべしまはん》の囲い内に御用屋敷を与えられ、暮らしているのだ。

この年、二月九日に年号は延享《えんきょう》元年（一七四四）と変わり、加門も二十六歳となっていた。

「急な呼び出しとは珍しいですね」

歩きながら加門がそっと尋ねると、父は小さく眉を寄せた。

「うむ、なにか起きたのであろう」

古坂家の前に着いて声を上げると、待ち構えていたらしい中間《ちゅうげん》が戸を開いて招き入れた。

奥に通されると、正面には古坂与兵衛《よへえ》が端座《たんざ》していた。与兵衛は五十路《いそじ》の長老格であるが、背筋が伸びて若々しい。

その隣には最長老の村垣吉兵衛《むらがききちべえ》六助《ろくすけ》が座っている。吉翁《きちおう》と呼ばれ、若手の指導をしたり、相談を受けたりと、頼りにされる古老だ。

御庭番の十七家は、婚姻《こんいん》もそのなかでだけ交わされるため、皆が親類のような近しさを持っている。年長の者は、広く若い者を指導するのも倣《なら》いだ。

その吉翁らの横には、吉川嘉右衛門《よしかわかえもん》、さらにその右に二人の御庭番が座っている。

「お待たせいたしました」

宮地家の親子はちらりと吉川嘉右衛門の顔を見ながら、その並びに座る。嘉右衛門は二代目だが、すでに隠居をしており、今は三代目の栄次郎《えいじろう》がそのあとを継いでいる。が、その栄次郎の姿はない。

古坂与兵衛は加門の顔を見て口を開いた。

「実はお役目中、栄次郎が脚を斬られたため、浦和宿《うらわしゅく》に置いて来た。加門、医術の心得のあるそなたに迎えに行ってほしいのだ」

「わかりました。傷は深いのでしょうか」

「いや、腕を斬りつけられ、倒れ込んだところを脛《すね》を斬られたのだが、そう深くはない。斬られたのは上尾宿《あげおしゅく》の手前だったのでな、そこから栄次郎を駕籠《かご》に乗せて逃げたのだ。だが、浦和宿に着いた辺りで揺られるのも痛いと言うのでな、傷を悪くしてはまずいと思って、旅籠《はたご》に預けてきたのよ」

「なるほど、確かに駕籠で揺られるのはきついかもしれませんね」

加門は頷《うなず》く。

与兵衛は吉川嘉右衛門に顔を向け、小さく頭を下げた。

「すまぬな、吉川家の三代目をこのような目に遭《あ》わせて」

「いえ」嘉右衛門は首を振る。

「それも栄次郎の拙《つたな》さゆえでありましょう。あやつは姿を変えても、声や立ち居振舞いまでは変わり身が及ばぬのです。敵方に見抜かれるのも致し方のないこと。詫びをせねばならぬはこちらのほうです」

神妙な顔を伏せる嘉右衛門に、与兵衛もまた首を振った。

「いやいや、それはこちらもわかっていたこと。しかし、こたびは栄次郎の筆の力が要《い》ったのだ。おかげで、そら、このように……」

与兵衛は脇に置いていた巻紙を広げた。

長い紙が広げられると、そこには五人の人相書きが現れた。顔の横には姿や背丈《せたけ》、体つきや声の特徴、そして振る舞いや質《たち》などまで記されている。

与兵衛は皆を見渡す。

「この春、丹波《たんば》に徳川《とくがわ》を名乗る男が現れたことは、知っておろう」

「はい、噂は伝わって参りました」

右側に座っている高橋与三郎《たかはしよさぶろう》が頷くと、その隣の馬場源蔵《ばばげんぞう》も口を開いた。

「天一坊《てんいちぼう》の再来かと、町方も騒いでおりましたな」

加門も父の顔を見た。家でも話に上《のぼ》ったことを思い出す。父も頷きながら、口を開いた。

「確か、上様《うえさま》の御落胤《ごらくいん》と名乗ったのでしたな。背丈も大きく弁舌はさわやか、という噂を聞きました」

「うむ」与兵衛は眉を寄せた。

「その者、上様より探索をせよ、と命じられたのだ」

皆の口が閉じる。

「捕縛《ほばく》ではなく探索とな」

吉翁がつぶやく。

ということは、覚えがあるということなのか……。加門は唾を呑み込んだ。

与兵衛は西に目を向けた。

「命《めい》を受けて、栄次郎とともに西へ上《のぼ》ったのが六月。丹波にいるはず、とそちらに参ったのだが、すでに姿は消えていた。京《きょう》に上ったという話を聞いて、そちらに赴《おもむ》くと、そこにおったのだ。普段は丹波次郎《じろう》と称しているのだが、相手によっては、徳川次郎定通《さだみち》と名乗って、こっそりと見《まみ》えておった」

「姿は見たのですか」

「うむ、宿を転々としていたのだが、やっと居所を突き止めてな、姿を見た」

「いかがでしたか」

皆の目が集まる。

「背丈は六尺《ろくしやく》（一八二センチ）」

与兵衛の言葉に、皆の目が見開く。

「上様と同じではないか」

「うむ。顔はそれほど似てはいないが、耳は大きい」

与兵衛は巻紙の最初に描かれた人相書きを指さした。皆、その絵に見入る。

「耳が大きいのも上様と同じか」

友右衛門の言葉に高橋も続ける。

「この顔のしっかりした骨相は、上様と似てないとも言えぬな」

「いや、予断はいかん」吉翁がきっぱりと言い切る。

「本物か騙《かた》りか。どちらであるのかを確かめるのが我ら御庭番の役目。下手《へた》な思い込みは判断を誤らせるもととなるだけだ」

「うむ、ごもっとも」嘉右衛門は腕を組んで人相書きを見つめる。

「して、このほかの四人は何者ですかな」

「ああ、この一番目の男は河辺鹿之助《かわべしかのすけ》といって、京ですでに家来然として付いていたのだ。四十くらいであろう、浪人であることは明らかだが、それほど悪い者ではなさそうだ。あとの者は中山道を進むにつれて、一人、また一人と家来になったのだ。一つの宿場で逗留《とうりゅう》していると、どこからともなく噂を聞きつけてやって来る、というようすであった」

「中山道ですか」

友右衛門の問いに、与兵衛は頷いた。

「うむ、東海道《とうかいどう》は宿場の取り締まりが厳しいゆえ、避けたのだろう。なにしろ、陰で徳川を名乗っているのだ。尾張《おわり》や駿河《するが》など、徳川御三家のお膝元を通るわけにはいくまい」

「それはそうですな。で、中山道を通ったと……その道中で、一味が増えたというわけですか」

「うむ、そうだ」

与兵衛が人相書きを見下ろすと、嘉右衛門も首を伸ばした。

「伜《せがれ》……栄次郎を斬ったというのは、どの者でしょう」

「この男だ」与兵衛は四番目の人相書きを指で示した。

「その前にまず、こちらの二番目の男、木野左右衛門《きのさえもん》という名だが、この男は関ヶ原《せきがはら》の宿場で一味に加わったのだ。京から追って来たらしいが、甲賀《こうか》の生まれだと話しておった」

「甲賀……忍びの血筋かもしれませんね」

加門がつぶやくと、与兵衛は頷いた。

「うむ、気配がほかの者よりも薄くてな、わしもそう思った。それに、最初に我らを怪しんだのもこの木野であった。そら、この顔、のっぺりとしているであろう」

うむ、と皆が頷く。

「ほかの者らは特徴のある顔だが、この顔は特徴がないために栄次郎は描くのに苦労をしたらしい。それでいくども顔を見てしまったようなのだ」

与兵衛の言葉に、嘉右衛門が顔を歪《ゆが》める。

御庭番は相手の顔を瞬時に覚えなければならない。その際、正面から見つめるのは厳禁であるし、見ていることを相手に気取られてもいけない。

「甲賀の者なら盗み見たことに気づき、怪しむかもしれませんな」

友右衛門のつぶやきに与兵衛が続ける。

「うむ、その後、我らは姿を変えたのだが、この木野は気づいていたかもしれぬ。さらにもう一人、中津川《なかつがわ》の宿で加わってな、それが三番目の秋元兵四郎《あきもとへいしろう》だ。この者は堺《さかい》で用心棒をしていたから腕は立つ、という触れ込みでな、迎え入れられたのだ。そして、最後が勝田清蔵《せいぞう》だ。年の頃は二十四、五で最年少。信州《しんしゅう》の下諏訪《しもすわ》で一味に加わった者だ」

「ほう、とすると、その木野という男が栄次郎に気づき、秋元に命じて斬らせたということになりますかな」

高橋が顔を上げると、与兵衛は眉を寄せた。

「まあ、そういうことになる。それ以前……軽井沢《かるいさわ》の宿でな、栄次郎は木野に声をかけられたのだ」

「それはなんと」

「また会うたな、と言われたのだ。そのとき、栄次郎は小間物売りに身を変えていたのだが、とっさにこう答えてしまったのよ、へい、中山道は長うござんすね、とな」

「あの、馬鹿っ……」

嘉右衛門は拳《こぶし》で腿《もも》を叩く。

「なるほど」と、友右衛門は腕を組んだ。

「軽井沢ならば、中山道をずっと来たとは限らない。前の追分《おいわけ》では北国街道《ほっこくかいどう》に、その前の下諏訪では甲州街道《こうしゅうかいどう》に繋がっておりますからな」

「カマをかけられたか」

馬場も溜息を吐《つ》くのを見て、与兵衛は口元を苦笑のように曲げた。

「まあ、それ以降はこちらもまた姿を変えて気をつけていたのだ。わしと栄次郎は離れてみたり、共に歩いたり、と工夫もしてな。が、木野はずっと怪しんでいるようすであった。それが江戸が近づいて来たために、意を決したのであろう、怪しい者はここで絶つ、とな」

「ふむ」友右衛門が顎《あご》を撫《な》でる。

「ずっと付けて来た相手となれば、それだけで敵か邪魔者と見なすでしょう。いや、疚《やま》しいことがある、という証《あかし》やもしれませんな」

「うむ、徳川を名乗るだけでも充分な罪。江戸に入るにあたって、用心を深めたのであろう。上尾宿が見えてきた辺りで、待ち伏せをされたのだ。わしは離れてうしろを歩いていたのだがな、物陰から秋元が飛び出して来て、栄次郎に斬りかかった。木野は陰からそのようすを窺っておった。が、わしがすぐに大声を出して騒いだために人が集まってきてな、やつらは逃げおったのだ。なので、こちらも栄次郎を駕籠に乗せて、浦和宿まで逃げたというわけだ」

与兵衛は語り終えて、改めて嘉右衛門に頭を下げた。

「栄次郎を置いて来てしまい、申し訳ない」

「なにを……」嘉右衛門は手を振る。

「詫びを申すのはこちらのほう。倅が未熟なばかりに、不首尾《ふしゅび》となり……」

深々と頭を下げる嘉右衛門に、吉翁が穏やかな声を投げる。

「なに、不首尾とばかりは言えまい。このような立派な人相書きを記したのだから、むしろ上首尾。これは栄次郎だからできたことよ」

「うむ、そのとおり。ほかの者ではこのようにうまくは描けん」

馬場も力強く言う。

与兵衛は、改めて人相書きを手に掲げた。

「皆、これを頭に入れてくだされ。そして加門は明日にでも浦和宿に出向き、栄次郎の手当てを頼む。わしは上様に報告をせねばならん。おそらく数日うちには一味が江戸入りするであろうからな」

「承知いたした」

皆の声が揃い、加門も「はい」と深く頷く。

与兵衛は友右衛門に向いた。

「宮地殿、同行を頼めましょうな」

御庭番が江戸を離れる際には、二人ひと組になるのが決まりだ。

「もちろん、承知」友右衛門は胸を張って頷く。

「丹波次郎の一味についても、できるだけ探索をいたそう。もしかしたら、すでに浦和宿に着いているかもしれない」

「うむ、よろしく頼みますぞ。江戸に入れば、あとは高橋殿、馬場殿の出番だ。お二方は板橋宿《いたばししゅく》で待機していてくだされ」

「おまかせあれ」

二人の声が揃った。

皆がそれぞれに目を交わし、頷き合った。

二

翌朝。

うっすらと明るくなりはじめた縁側に、加門は立った。

八月も半ばになり、風はすっかり秋めいている。

「加門、起きたか」父の声が斜めうしろの部屋から上がった。

「こちらに来い」

入って行くと、灯明《とうみょう》の灯りの横に座った父が顔を上げた。

「出立しなくてよいのですか」

「まだよい。七つ（四時）発ちをすれば、その日のうちに上尾宿に着くが、我らが行くのは浦和宿だ。まだ間があるから、出る前に顔を作っていこう」

「なるほど、一味が江戸に入れば、またなにか役目が生まれるかもしれませんね、顔を知られるのはまずい、と……それはなんですか」

友右衛門は指先でなにやらをほぐしている。

「狸《たぬき》の毛だ」

白い毛を指先でつまんで、友右衛門はその先に皿から糊《のり》を付けた。

「これをこうして、な」

白い狸の毛を眉に貼り付けていく。

父の顔はみるみる年寄りに変わっていった。さらに白い毛を鬢《びん》にも混ぜ込んでいく。

「へえ、翁《おきな》に見えますね」

加門が目を見開くと、父は笑顔になって、黒や茶色い毛の入った箱を差し出した。

「そなたはこの黒い毛を眉に貼るがよい。ゲジゲジ眉を作れる。それに、そうだな、もみあげも作るといい。顔がまったく変わるぞ」

はい、と加門は毛を受け取り、鏡を覗き込んだ。

毛をつまんで先に糊を付けると、眉毛のあいだに差し込んでいく。さらにその上に重ねると、眉は別物に変わった。

「どうです」

父に向くと、「ああ、いいぞ」と笑顔が返ってきた。

「よし」

加門はさらに毛をつまみ、耳の前にも貼り付けていく。昔の武者のようなもみあげがだんだんとできあがっていった。

鏡に映った己の顔を見て、加門は思わず声を上げた。

「やあ、これはすごい、毛むくじゃらだ」

笑いを放つ加門に、父も笑顔で頷く。

「ああ、まるで別人だ。これなら加門とは気づかれまいよ」

「そうでしょうか、あ、そうだ」加門は立ち上がった。

「ちょっと確かめてきます」

そう言って、外へと出て行った。

御用屋敷にそれぞれ庭がある。

庭や屋敷の前で、家の者らが水を撒《ま》く姿や掃除をする姿が見受けられる。

加門は物陰を歩きながら、村垣家へと向かっていた。

庭にまわると、ちょうど中間《ちゅうげん》が廊下の戸を開けているところだった。そっと足を忍ばせ、加門は庭木の陰に隠れる。

しばらく息をひそめていると、廊下から人影が現れた。この家の三女千秋《ちあき》だ。千秋はいつも朝一番に、植木に水をやりに出る。

水の入った手桶《ておけ》を抱えて、千秋が庭木の前にやって来た。

「これ、そこの娘」

加門は低くした声を投げかけた。

立ち止まった千秋がこちらを見る。

加門はその前に身を躍らせた。

「きゃっ」

高い声を放って、千秋が飛び退く。手桶が揺れて、飛沫《しぶき》が立ちのぼった。が、すぐに千秋の眥《まなじり》が上がり、

「曲者《くせもの》っ」

と、声を上げた。

手桶を持ち直し、加門の顔めがけて水を掛ける。

瞬時のところでそれを躱《かわ》す。が、水は加門の肩を濡らした。

千秋がずいと一歩を踏み出した。手桶を上に掲げる。投げるつもりらしい。

「わっ、待った」

加門は慌てて手をつき出す。声を元に戻すと、

「わたしですよ、千秋殿」

そう息を整えながら言う。

目を見開いた千秋は、毛むくじゃらの顔を見つめた。と、その面持ちがみるみる和《やわ》らいだ。

「ま、あ……加門様……加門様ですの」

手桶を下ろして、一歩踏み出す。

加門は水のかかった肩を払いながら、笑顔を見せた。

「いや、驚かせて申し訳ない、ちょっと試したくて……」

「もう……本当に、驚きました」

千秋は頰《ほお》をふくらませる。が、すぐに感心したように加門の顔を見上げた。

「それにしてもよくできてますこと。加門様の変化《へんげ》はずいぶん見てきましたけど、これは一番です」

そう言って笑顔になる千秋に、加門も笑みを返す。

「そうですか、ならば自信を持って行くことにします」

踵《きびす》を返す加門に、千秋の声が追う。

「お役目ですか、なればわたくしも」

千秋には、これまで何度も仕事を手伝ってもらったことがある。

「だめです」加門は振り返った。

「こたびは遠方……」

そこに、別の声が割って入った。

「ああ、だめに決まっておる」

千秋の兄の清之介《せいのすけ》がいつの間にか出て来ていた。

「まったくそなたは、遊びではないというのに」

千秋に眉を寄せると、清之介は加門に向いた。

「聞いたぞ、栄次郎を助けに行くのだろう。加門が行ってくれれば安心だな」

「ああ、まかせてくれ」

頷く加門と兄を、千秋が見比べる。

「まあ、栄次郎様がどうかなすったのですか」

「いや、少し怪我をしたということだ」

加門の言葉に、清之介が続ける。

「ああ、あやつは絵はうまいが、武術はからきしだからな」

「まあ、そんなことを……一つでもお得意があれば、上等です」

千秋の言葉に加門は吹き出しそうになる。明らかに兄に対する皮肉だが、清之介は気づいていない。

加門は口元を引き締めて、

「では、行って参る」

そう言いながら背を向けた。

「ご無事で」

千秋の声が、長く背中に届いた。


板橋宿の道に、加門と父は足を踏み入れた。

旅籠は建ち並んでいるが、それほど多くはなく、行き交う人の姿もさほどの数ではない。そのようすを、加門は目で見渡した。

太い眉ともみあげの加門は、背に風呂敷包《ふろしきづつ》みを負って薬売りに扮《ふん》している。隣を歩く父は白い眉と鬢で、小さな包みを負って、杖《つえ》を突いていた。

そのまま宿場を抜け、人影もまばらになると、父は息子の横顔を見た。

「加門、そなた天一坊の一件を覚えているか」

「いえ、父上から話を聞いたのは覚えていますが、あれは確か十六年前……わたしが十歳くらいのときでしたよね」

「ふむ、そうさな、天一坊が現れたのは享保《きょうほう》の十三年（一七二八）であった。こたびの件と似ているから、教えておこう……」

享保十三年。

南品川《みなみしながわ》の常楽院《じょうらくいん》という山伏《やまぶし》の元に源氏《げんじ》改行《かいぎょう》天一《てんいち》と名乗る者がいた。年の頃は三十ほど、紀州田辺《きしゅうたなべ》の生まれを称していた。

坊主であることから天一坊とも呼ばれていたその男の周囲には、やがて多くの男達が集まってきた。

天一坊はその男らに、家老や年寄、目付《めつけ》や奉行、組頭《くみがしら》などという役名を与える。まるで一つの大名家をなすような家臣団が、できあがったのだ。

それもそのはず、天一坊はこう触れまわっていた。

「我は公方《くぼう》様の御落胤、いずれ大名に取り立てられることになっている」

その言葉を信じた浪人らは、仕官を望んで集まる。役名をもらって喜ぶ者もいた。

さらに、町人なども近づいた。大名家となったあかつきには、出入りの商人とさせてほしいと、支度金として金を出す者などが現れる。噂は広がり、そうした人々が続々と増えた。

反面、信じない者、冷淡に見る者らもいた。さらにそうしたなかから、騙《かた》りと見て公儀に訴え出る者が現れた。浪人本多儀左衛門《ほんだぎざえもん》だ。

江戸の町内であれば、町奉行所に訴えるが、南品川は町奉行所の管轄外だ。本多は南品川を支配下に置く関東郡代《かんとうぐんだい》の伊奈忠逵《いなただみち》に、天一坊の行状を告げた。そのような事態、捨ててはおけぬと、伊奈は南品川の名主と地主を呼び出す。聞きただすと、確かに天一坊という男が御落胤を自称し、人々を集めているという。

この一件はただちに城中に報告された。

将軍吉宗の側近は、仔細を吉宗に言上《ごんじょう》する。そしておそるおそる、そのようなことが起こりえるかどうか、尋ねた。すると、吉宗は言った。

「覚えはある」

そうとなれば話は違う。もしも本当の御落胤であるならば、粗末には扱えない。

探索を命じられた者らは、すぐに天一坊が生まれたという紀州に赴いた。と、同時に、江戸では天一坊の振る舞いや言説もつぶさに調べられていく。

すると、やがてこれまでの言動が明らかになった。

「我は公方様からお腰物を拝領いたした」

そして、以前には御公儀から扶持《ふち》も賜《たまわ》っていた、とも言ったという。

「だがそれは、我が岡場所でちと騒ぎを起こしたせいでな、とり止めとなってしまったのよ」

さらにこう言ったという。

「そこで寛永寺《かんえいじ》の宮様にお取りなしを頼んでおるのだ」

徳川家菩提寺《ぼだいじ》である上野《うえの》の東叡山《とうえいざん》寛永寺は、代々、宮家から山主《さんしゅ》を迎えている。一品法親王《いっぽんほっしんのう》という高い位で輪王寺宮《りんのうじのみや》という宮号もある。将軍でさえも敬《うやま》うほどの僧侶であり、よほどの身分でない限り、目通りは許されない。

その寛永寺に、天一坊は徳川家の法事の際、銀三十枚を香典に送ったとも言っていることもわかった。

これらのことは、調べればすぐにわかること。案の定、すべてが嘘であった。

それらが明らかになった翌享保十四年三月。

天一坊は関東郡代の屋敷に呼び出された。

当人は悪びれもせずに、自らの生い立ちを話し出す。

「母は紀州田辺の生まれで、名はよし。和歌山城《わかやまじょう》に奉公に上がった際、身分の高いお方のお手が着き、懐妊いたしました。実家に戻り、子を産んだのが元禄《げんろく》十二年（一六九九）。それが我であります」

その後、母子は江戸へと移ったと話は続く。

やがて母は町人と夫婦になったが、病死。十四歳であった天一坊は出家し、山伏となって常楽院方に落ち着いたという。

「母は幼き頃より、そなたの父は紀州の身分高いお方、と申しておりました。そして我に、吉という字を大事になされよと、いくども言われたのです」

天一坊は堂々と語り、さらに加えた。

「亡き伯父《おじ》からも、いずれ御公儀よりお尋ねが参るであろうと言われておりました」

天一坊は御落胤であることは確かだと言いたげだった。が、将軍に目通りをしたこともなければ、輪王寺宮に近づいたことすらない。大きな嘘をいくつも並べてきたことは事実だ。そうなれば、言うことのすべてが真実とはみなされない。

口上を聞いた上で詮議《せんぎ》にかけられ、翌月、判決が下された。

天一坊は騙りの罪で獄門《ごくもん》。周囲でそれを助けた者らは、遠島や江戸払いなどを科せられた。

鈴ケ森《すずがもり》で首を刎《は》ねられた天一坊は、それを衆目に晒《さら》されるという重罰に処せられたのだ。

話を聞き終わった加門は、父の顔を見た。

「天一坊は、己の出自《しゅつじ》を信じていたのでしょうか」

「うむ、出自を語る際に堂々としていたというからな、そうかもしれぬ。それを聞き知った者らが、話を信じて持ち上げたのだろう。だが、事が大きくなり、成り行きで嘘を吐いてしまったに違いない。嘘は一つ吐けば、それを固めるために嘘を重ねていくことになるからな。それが墓穴《ぼけつ》となるのが常だ」

顔を歪める父を、加門は覗き込んだ。

「父上も探索に加わったのですか」

「うむ、そなたは覚えているかわからんが、その頃、しばらく留守にしたことがあったであろう。あれは紀州に行っていたのだ」

「そうだったんですか。では、天一坊の素性《すじょう》は確かめられたんですか」

「いや、それがな、上様がはっきりと覚えておられた女《おなご》は、やはり男児を産んでいたのだが育つことなく、女もすでに亡くなっていたのだ」

「では、天一坊はやはり騙り」

加門の言葉に、父は微妙に顔を歪ませて声を低めた。

「ううむ、それは……実のところ、わたしにもわからんのだ。なにしろ覚えがあると言われた時期は、上様が十六歳の頃。まだ、兄上方がお元気で、上様は軽く扱われていた頃だ。まさか藩主になろうとは誰も思うてはいなかったし、それはご当人とて同じ。振る舞いが軽かったのは、まあ、そなたにも察しがつくであろう」

はい、と頷く加門を父は横目で見る。

「お城でもそうだが、村に出向いて娘らに手を出すこともあった、という話を紀州で聞いたのだ。確かに、ありえる話ではないか」

加門は吉宗の大胆で気さくな人柄を思い出し、頷く。

父は眉を寄せ、声をいっそう低めた。

「これはこれまで口に出したことはなかったが、亡くなった母子のほかに、同じような親子がいたとしてもおかしくはない、とわたしは密かに思ったものよ」

「そうでしたか」加門は父の横顔を見る。

「なれば、もしかしたら天一坊は本当に御落胤だったのかもしれませんね、上様は獄門にためらいはなかったのですか」

「なかったと聞いている」父は空に目を向けて言った。「処罰を決める際、一応、お伺《うかが》いは立てたそうだ。だが、獄門でよい、と仰せになられたらしい。その頃、すでに家重《いえしげ》様に続いて宗武《むねたけ》様、宗尹《むねただ》様も健《すこ》やかに成長されていたからな。それに、たとえ実の子だとしても、嘘を言い募《つの》り、科《とが》をなすような者は要らぬ、と思われて不思議はなかろう。昔から、たとえ長子であろうとも、不埒《ふらち》を行えば腹を切らせるのが武家の倣《なら》いだ」

苦笑のように顔を歪める父に、加門も頷いた。

二人の足は中山道を進む。と、その先が大きく開けてきた。土手だ。

長く続く土手に上ると、広々とした空の下に、大きな川が流れているのが見渡せた。川面には渡し船が行き交っている。

徳川家が江戸を拓《ひら》いたあとも、外からの襲来を防ぐため、この川には橋を架けないことを決めた。それは今も変わらない。

「戸田川《とだがわ》（荒川《あらかわ》）だ。あれを渡れば、次は蕨宿《わらびしゅく》、その次が浦和宿だ」

友右衛門が、光る川面と、その先を指で示す。

加門は眼を細めて、それを見た。

三

戸田の渡しから蕨宿を通り抜け、二人は中山道を進む。

目指した浦和宿には、ほどなく着いた。蕨宿に比べ、浦和の宿は人も旅籠もそれほど多くはない。

町に入った二人は、すぐに古坂与兵衛の言っていた旅籠を見つけた。

加門は教えられた部屋の前で、そっと声をかける。

「栄次郎、いるか」

内から静かに襖《ふすま》が開き、目が覗く。と、すぐに襖が閉められた。

「誰だ」

くぐもった声で襖越しに問われる。

ああ、そうか、と加門はもみあげを撫でながら、

「わたしだ、宮地家親子でやって来た」

そう言って、襖に手をかけた。内と外、双方の力が加わって襖が少し開く。栄次郎は下から首を伸ばして見上げる。目を丸くしながらも、ほっと息を吐いて、座ったま

ま襖を大きく開けた。

「驚いた、誰かと思ったぞ」

入って来た親子の姿をしげしげと見て、栄次郎は苦笑する。

「うむ、よくできているだろう」

顎を上げる加門に、栄次郎は苦笑を深める。

「ああ、やはりわたしとは段違いだな。それなら見破られることはあるまいよ」

ははは、と笑いながら、加門は栄次郎の右腕に巻かれた晒《さらし》をほどく。表れた傷を診《み》ながら、加門は薬箱を開けた。

「深くはないな、これなら大丈夫だ」

薬を塗って、新しい晒を巻き直す。それがすむと、栄次郎は素直に左脚を差し出して、自ら晒を解いた。

「こちらのほうが痛くてな、古坂殿の足手まといになってしまった」

ああ、と加門は傷を丹念に診る。

「確かにこっちのほうが深い。これは縫ったほうが早い」

「縫うのか」

「そうだ、治りもずっと早いし、傷口もきれいにつく」

小さな箱を開けると、加門は針や糸を取り出した。父の友右衛門が脇から覗き込む。

「ほう、本物の医者のようだな」

「ええ」加門は神妙な顔で用具を調える。

「これでも何年も修業してきましたからね、医者と同じことができます。父上、栄次郎を押さえていてください」

うむ、と背中を支える友右衛門に、栄次郎はすがるように身を預け、目をつぶった。

「多少痛いが、すぐにすむ」

そう言うと加門は手早く手を動かしていく。栄次郎は小刻みに唇を振るわせていた。友右衛門は心配そうに覗き込みながらも、息子の手際のほうに目を奪われていた。

「そら、終わったぞ」

加門の声に、栄次郎が目を開ける。

薬を塗って、晒を巻く加門に、栄次郎はおずおずと言った。

「かたじけない、それにこんな所まで申し訳ない。わたしが迂闊《うかつ》であったばかりに……」

「迂闊……顔を見てしまったことか、人相書きをするのだからしかたがあるまいよ」

笑みを見せる加門に、栄次郎が首を横に振る。

「いや、目を合わせてしまったのだ、あれがいけなかった」

項垂《うなだ》れる栄次郎に、友右衛門がつぶやく。

「目か、それは確かにな」

「そうなのですか」

加門の問いに、父が頷く。

「ああ、顔の形は詰め物で変えられるし、眉や口も変えられる。だが、目玉だけは変えられないからな」

「ええ、そうです」栄次郎も頷く。

「人相書きをしているとよくわかります。相手の目というのは、こちらの目に焼き付くのです。目玉は誰も同じように見えますが、実はそれぞれに違う。目を合わせてしまうと、人の特徴として頭に残るらしく……」

栄次郎は加門に顔を向けた。

「次にまた目を合わせたときに、あっとわかるのだ」

へえ、と加門は感心する。

「もっとも……」栄次郎は肩をすくめた。

「わたしはあの一味に怪しまれて、さんざん見られたから、もう遠目でもわかるだろうがな」

　再び項垂れる栄次郎に、加門は笑顔で背中を叩いた。

「だが、我らもそなたの描いたあの人相書きを頭に入れてきたから、もう遠目で一味を判別できるぞ。そなたの腕のほうが勝ちだ」

「うむ、そのとおりよ」

　友右衛門も笑う。と、その顔を横に向けて、窓へと腕を伸ばした。湿り気を帯びた風が吹き込んでくるのを感じて、閉めようと手をかけたのだ。

「あ、そのままで」

　栄次郎がそれを止めた。足を引きずりながら、窓へと寄って行く。

「ずっと少しだけ開けておいて、外を見ているんです。次郎の一味が通れば、わかりますから」

「なるほど」

　宮地親子も、膝行《しっこう》して窓に寄る。

　栄次郎は窓から外を覗いてつぶやく。

「あの一味は、江戸が近くなるに及んで、気勢が上がっていた。おそらく、そう間を置かずに江戸に入るはず……」

「そうか」加門は人相書きを思い出す。「丹波次郎というのはどういう人物だ。添え書きには弁がたち、振る舞いもおおらかで人に好まれると書いてあったが」

「ああ、それを書いたのは古坂殿だ。まさにそのとおりでな、どこか大物ふうで高貴な出という話を容易に信じさせる風格があるのだ」

「確か」友右衛門も記憶を探る。「武具を納めた大きな革袋を背負っているとも記されていたな」

「はい、二本差しとは別に、革袋に弓矢や手突槍《てつきやり》、太刀《たち》などを入れて負っています」

「ふうむ、六尺の大男ともなればそれも容易《たやす》いか。見る者を圧倒するな」

「その次郎とやら」加門は眉を寄せる。

「出自に関して、真に徳川の血筋と語っているのか」

「いや、それは直《じか》に聞いたことはないのだ。中山道の道中でも、誰かに直々《じきじき》に話しているところに立ち合ったことはなくてな。密かに人と会っているのはわかるのだが、話を聞ける所まで近寄ることはできなかった。おそらく、天一坊の件を踏まえて、用心深くなっているのだろうな」

それはそうか、と加門は腑《ふ》に落ちる。

「お、そうだ」友右衛門が立ち上がって、持って来た杖を手に取った。「栄次郎、これを使ってみよ。そなたのために持って来たのだ」

はい、と栄次郎も立ち上がる。

加門は父を見上げながら、そうか、翁を装ったのはそういう深慮があったのか……と眼を細めた。

杖を突いた栄次郎は笑顔になる。

「ああ、これはいい、歩きやすくなりました。宮地殿、お気遣い、かたじけのうございます」

そう言いながら、部屋の中をぐるぐると歩く。

「それなら、二、三日すれば発てるな」

加門も目元を弛《ゆる》めた。と、その顔を窓へと向けた。

外の道を足音が近づいて来る。一人二人ではない。

窓からそっと、音のするほうを窺う。

あ、と息を洩らし、加門は腰を浮かせた。

今、まさに前を通り過ぎようとしているのは、五人の男だ。先頭は六尺ほどの大男。背中に武具を収めた革袋を負っている。そのあとに四人の浪人ふうが付き従い、風を切るようにして、歩いている。顔は皆、人相書きで見たとおりだ。

「次郎の一味です」

振り向いて、小声を出す。

「なに」

飛んできた友右衛門も窓から覗く。

栄次郎はそっと近づいて来て、遠目から外を見た。

「ああ、そうです、一味です」

一行は客引きをする女達には目もくれずに、進んで行く。旅籠を物色《ぶっしょく》するようすはない。

加門は急いで薬箱や道具箱を風呂敷に包み、背に負った。

「あとを付けます」

「そうか」

「はい、すみませんが父上、栄次郎の晒を毎日替えてやってください。それだけすれば傷はもう大丈夫ですから、ゆっくり戻ってください」

「わかった、あとはわたしが江戸まで栄次郎を連れて戻る。そなたは板橋宿まで一味を見張って、馬場殿らにあとを託せばよい」

「はい、そうします」

強く頷いて、加門は部屋を出る。

「加門、すまないな」

栄次郎の見送る声に手を上げて、加門は外へと出た。


一味はそのまま浦和宿を抜けた。

すでに夕暮れのはじまった中山道を、一味はそのまま進んで行く。

蕨宿が見えてきた所で、加門は空を見上げた。雨粒が落ちてきたのだ。

先を行く一味も足を速めた。加門は間合いを取りながら、そのあとに続く。街道を行く人々も、皆、早足になっている。

にぎやかな蕨宿に入って、人の足もやっとゆとりが出た。蕨宿は旅籠の数が多い。

「いらっしゃい、お客さん、うちにどうぞ」

宿の前に立つ女や男が、行き交う人に声をかける。

「今日の渡しは、もう雨で取りやめだよ」

男が大声を上げて、手を振る。

「さあさあ、お泊まりなさいな」

女の声も立つ。

「うちはお風呂もありますからね、さあ、どうぞ」

次郎の一味は、風呂があるというひと声に足を止めた。

稲荷屋《いなりや》という屋号のその旅籠に、入って行く。

加門は離れたままでそのようすを見て、一行が奥へ上がったのを確かめ、そこに進んだ。

「はい、いらっしゃいまし」

女が再び出て来て、加門に手招きをする。

「一人なんだが泊まれるかね」

そう問うた加門の袖をしっかりと摑《つか》み、女は中へと引き入れた。

「はいな、まだ入れますよ」

「部屋の先客は何人だい」

「四人ですよ。けど、こうなったらお客さん、部屋があるだけましってもんですよ。渡しが止まっちまったら、進もうにも進めやしない。下手《へた》をしたら、明日だって渡れないかもしれないんだから、この宿に泊まれるのは運がいいってもんですよ」

さ、と女はさらに引きずり込む。

なるほど、と加門は人でにぎわう宿の中を見まわした。

渡しが止まれば、ここに足止めされる。だから、この蕨宿は宿も多くにぎやかなのか……。そう得心して、草鞋《わらじ》を脱いだ。

通されたのは奥の部屋だ。先客四人は、それぞれが一人旅の商人らしく、談笑している。

加門は荷物を置くと、そっと廊下に出た。歩いていると、角の部屋から浪人が出て来た。あっと、頭の中ですぐに人相書きが甦《よみがえ》る。

秋元兵四郎、栄次郎を斬った男だ……。加門は顔をそむけて、男をやり過ごす。

この部屋か、と前を通り過ぎながら、耳を澄ませた。中から笑い声が聞こえてくる。が、外の強い雨音で、言葉は途切れ途切れにしか聞こえない。

立ち去ろうとする加門の耳に、

「いよいよ江戸だのう」

という言葉だけが、飛び込んできた。

四

朝、強い雨と風の音で、加門は目が覚めた。

そっともみあげと眉毛を確かめると、顔を洗わずに台所横の板間へと行った。客はここで食事をとることになっている。

入り口から見ると、ちょうど次郎の一味が座ったところだった。加門は横目でそれを見ながら、目立たない隅に向かった。町人らしく背を丸めて、緩《ゆる》い胡座《あぐら》をかいて座る。

耳をそばだてると、一味がときおり言葉を交わしているのが聞こえるが、なにを話しているのかはわからない。加門はしじみ汁に香の物、青菜のおひたしが付いた朝飯を、黙々と口に運んだ。

入り口に宿の手代がやって来ると、

「皆さん、今日は嵐で渡しは出ません」

そう、大声で知らせる。皆は覚悟ができていたらしく、しょうがねえな、などとぶつぶつとつぶやくだけだ。

そこに、新たな声が起こった。

「すみませんが、お客さん方」

小走りでやって来たのは宿の番頭だった。

「お客さんの中に医者か薬売りはいませんか」

顔を巡らせる番頭を皆が見上げ、言葉を返す。

「なんだい」

「どうした」

へえ、と番頭が困り顔で手を揉む。

「お客に腹痛《はらいた》のお人が出ましたんで、ちょっとお尋ねを。この嵐ですと、医者もなかなか来てくれないもんですから」

残っていた汁を飲み干すと、加門は箸《はし》を置いた。しばしの間を置いて、低い声を作ってから、

「あたしは薬売りですが」と、腰を上げた。

「その客はどこですかい。腹痛といってもいろいろありますんで、どんな塩梅《あんばい》か訊かないと、薬は出せませんで」

「おっ、薬売りさんで……そらよかった、ではあちらへ……助かります」

番頭に案内をされて、加門は二階の部屋へと上がった。

小さな部屋で、老人が布団に入っており、息子らしい男がおろおろとしている。

加門は横に座ると、老人の腹へと手を伸ばした。ぷよぷよと柔らかい。

「腹を下《くだ》してやしませんか、痛みはどんな塩梅ですかい」

「ああ、昨日から下してて、渋《しぶ》るような痛みで」

老人はすがるように加門を見る。

「あっしらはこれから、江戸の郡代様のお屋敷に訴えに行くんでさ。こんなところでおっ死《ち》ぬわけにはいかねえんで」

「訴えとは……またどんな」

つい気になって加門が問うと、息子が答えた。

「へえ、田んぼの水を巡って、隣の村と争いが続いているもので」

「なるほど……」加門は腕を組む。

「水ね……そうか、どこかで生水を飲んだんじゃあねえですかい」

あ、と老人が顔を持ち上げた。

「へえ、一昨日《おととい》、川で汲《く》んだ水を、昨日《きのう》、飲みやした。竹筒に入れといたんで」

「ああ、そいじゃあ、たぶん水あたりだ。今、薬を持って来ましょう」

加門は自分の部屋へ戻ると、丸薬を持って来た。白湯《さゆ》を用意させ、服《の》ませると、老人はふうと息を吐いて、また横になった。

「昼にもう一度服んでくださいよ、それと身体の水気が減ってますんで、白湯をいっぱい飲むように」

そう言って、朝餉をとっていた板間に戻る。そこにはもう誰もおらず、外の嵐の音が、ごうごうと響き渡っていた。

夕刻。

相変わらずの嵐の中、宿の客達はまた板間へと集まりだした。外に出るわけにもいかず、さりとて宿ですることもなく、客の楽しみは夕餉《ゆうげ》の膳だけなのだろう。たちまちに板間は人で溢《あふ》れた。次郎の一味もそのなかにいる。

加門はまた片隅に席をとった。晩の膳は一汁三菜で、戸田川で獲《と》れたらしい鯊《はぜ》の佃《つくだ》煮《に》も付いている。それで白い飯を食べていると、人をかき分けて、近づいて来た男がいた。

「薬屋さん」と言って肩を叩いたのは、朝、薬を出した親子だった。老人は顔色もよくなり、にこにことしている。

「ああ、よくなったようで」

加門の言葉に、二人は深々と頭を下げた。

「へえ、おかげさんでもらった薬を服んだら、お父っつぁん、どんどんよくなって、そら、もう元気になりやした」

「へえ、あんなに痛かったのもなくなって」父も腹を撫でる。

「薬屋さん、名前を聞いてなかったんで、教えてくだせえ、あんたは恩人だで」

いや、と、加門はもみあげを撫でながら、声を作って宿帳に記した名を告げた。

「薬売りの熊吉《くまきち》といいます」

「はあ、そりゃ」老人がのけぞる。

「顔に合うた名前だのう」

周りから笑いが起こる。皆、黙って、やりとりを聞いていたらしい。

「そんなら熊吉さんよ」斜め前にいた男が身を乗り出した。

「わしゃあ、首がかぶれて痒《かゆ》いんだが、いい薬はあるかね」

「へい、よく効く塗り薬がありやすよ」

加門が答えると、今度は横から声が上がった。

「なら、腹の薬はどうだい。ここんとこ張っちまって苦しいんだが」

「ああ、それもいいのがありまさ。あたしの部屋は奥の鷹《たか》の間だから、あとで来ておくんなさい」

「おう」

「わかった」

「おれも行こうかな」

別の声も上がる。

熊吉こと加門は、皆に頷いた。


加門は男の首を確かめて、塗り薬を渡した。

「汗疹《あせも》を掻《か》き壊したんだな。これを塗って、痒くても我慢して、掻いちゃいけませんよ」

「へい、いくらで」

ほかよりもやや安い値を付けて、加門は次々にやって来た人にも薬を売った。その人波が引いて、薬箱を片付けはじめたところに、声がかかった。

「わしもいいか」

横目で見上げると、加門は息を呑んだ。次郎の一味の男だ。

人相書きに添えられた文字が頭の中に甦る。河辺鹿之助、年は四十くらいで一味では最も年長、中肉中背、早くから次郎に付いた男だ。

加門は声をさらに低く作って、

「へい、どうぞ。そこにお座りを」顔を伏せたまま、横を手で示した。

言われるままに胡座を掻いた鹿之助は、小声で言った。

「実はな、坂を上ると息切れがするのだ。まあ、年のせいかもしれんが、ほかの者は平気なのに、わしだけぜいぜいして遅れをとるし、ときどき、頭がふらつくことがあるのだ」

加門は目を合わせないよう、伏せがちの上目で相手の顔を窺った。顔色はあまりよくない。

「脈を診ましょう、右手を出してください」

ほう、と腕を出しながら、

「薬売りなのに脈も診られるのか」

鹿之助がしげしげと顔を見ようとする。加門はうつむいて、小さく笑った。

「ちっと、医者に習いましたんで。薬はいろいろありますんでね、顔色や脈を診たほうが、その人にあった物を選べるんですよ」

差し出された鹿之助の手首に指を当て、加門は集中する。

「脈に乱れがありますね、足や手が浮腫《むく》んだりしませんか」

「おう、ときどき指が太くなるし、足が重くなるわ」

「ちょいと失礼を」

と、と加門は胡座で顕《あら》わになった鹿之助の足首に触れた。

「お侍さん、しょっぱい味が好きじゃありませんか。塩の効いた味が」

「ああ、そうだな」鹿之助は考えつつ頷く。

「確かに、塩は効かせないと物足りぬな。国は塩が名産であったから、よい塩がとれてな、たとえ浪人の家でも、塩だけは存分に使えたのだ」

「へえ、そりゃ、しょうがないですね」

塩が名産とは、赤穂藩《あこうはん》か……。加門は薬箱を開けながら、横目で鹿之助を窺う。赤穂藩の浅野家《あさのけ》が元禄の頃にお取り潰しになったのを知らぬ者はいない。赤穂浪士として討ち入りした者以外は、多くが浪人となったとも聞いている。

「お侍さん、塩をもっと減らしたほうがいいようで」

「そうなのか」

「へい、ちょっと心の臓が弱っているようで、そうすっと足も浮腫《むく》むし、息切れもするんで。塩の摂《と》りすぎはよくないですから、しょっぱい物は水で洗うといいですよ」

「洗うのか」

「へえ、水につけておくのもいいですよ」

加門の言葉に鹿之助は「ううむ」と唸りながらも、

「あいわかった、努《つと》めてみよう」

加門は紙に包んだ丸薬を差し出した。

「これは身体の血や水の巡りをよくする薬ですんで、塩を控えてこれを服めば、よくなるはずです。一回に九粒、朝昼晩と服んでください」

「ふむ、そうか」

鹿之助は包みを開いて、粒を手に取る。

「さっそく服んでみよう。白湯はないか」

へい、と湯飲みを差し出すと、鹿之助は勢いよく薬を口に入れた。

薬が喉《のど》を下りていくようすを見ながら、加門はそうか、と得心する。部屋で薬を服みたくないのだ。一味の者らに弱っていると思われたくないのだろう……。加門はそう推測し、顔をそむけたまま言った。

「薬は合う合わないがありますから、明日、また来てください。合うようだったら、もっと出しますんで」

「うむ、承知した」

鹿之助は言われた代金を置くと、静かに部屋を出て行った。


翌日。

風雨は止み、空はからりと晴れた。

朝の膳に集まって来た客らに、手代が大声を張り上げる。

「雨は止みましたが、戸田川は上流からどんどこどんどこ水が流れてきてますんで、今日も渡しは出ません。明日の昼頃には出るようになるかもしれませんので、もうしばらくの辛抱《しんぼう》です」

客達の中からぶつぶつと文句を言う声が洩れた。が、馴れているらしい客は平然と箸を動かしている。手代は口を曲げる客に、作り笑いを向けた。

「まあまあ、天のしたことですから、あたしらにはどうにもできません。こういうときは、流れにまかせるしかないのが世の常。のんびりとお過ごしください。わたしどもでは中食《ちゅうじき》にそばを用意させてもらいますよ。大きい揚げと山菜がたくさん載ってぴたり二十文、数に限りがありますから、お早めに」

手揉みをする手代に、

「ぬかりがねえな」と客がつぶやく。

「いや、商いの手本だ、見習わなきゃあな」

笑いも洩れる。

加門は空《から》になった茶碗を置くと、表に向かった。

清々《すがすが》しく晴れた空の下に、宿の客らが手を伸ばし、背をのばして出て行く。他の旅籠から出て来た人々も混じって、宿場の道はにぎやかだ。

加門は宿を出て、ぶらぶら歩いた。宿の入り口がよく見える場所で、日を浴びているふうを装って立ち止まった。

しばらくすると、加門の目が吸い寄せられた。次郎が出て来たのだ。最後に付いている男は一人。人相書きを頭の中で広げる。男は勝田清蔵だ。最年少で、最後に一味に加わった者だ。

次郎と清蔵は歩き出す。

加門はそっとうしろからそのあとを追った。

背の高い次郎は人目を引くが、気に留めるようすもなく、快活に話し、笑い声を発《た》てている。

明るい空の下で見ると、いかにも男ぶりがよく、面立ちに翳《かげ》りがない。横で笑みを浮かべている清蔵のほうが、屈託《くったく》がありそうで卑屈に見える。

どこかで人と会って、御落胤を名乗るのかもしれない……。加門はそう気を張りながら背中を見つめた。

二人はさまざまな店屋などを覗きながら、ぶらぶらと歩いている。右へ左へと足を向けながら、旅籠の前で客を呼び込んでいる娘をからかったりしている。

宿で置いている飯盛女《めしもりおんな》は、呼び込みや膳の支度だけが仕事なのではない。宿の主《あるじ》は岡場所《おかばしょ》同様の仕事を、娘らにさせるのが常だ。

「上がっていっておくんなさいよ」

男の袖をぐいぐいと引く娘もいる。

「ちょいと旦那、寄ってくださいな」

握った手首を離さない娘もいる。女衒《ぜげん》に売られ、宿から年季をかけられている女達は必死だ。

次郎と清蔵は一軒の宿の前で立ち止まった。二人で娘らとなにやら言葉を交わしているのが見てとれる。

清蔵が頷き、娘らは男の腕を引っ張って、中へと入って行った。

なんだ、そういうことか……。加門は肩の力を抜くと、踵を返した。

道を歩きながら、行き交う人々を見る。と、その足を止めた。

矢場だ。弓を射て的に矢を当てる遊びだが、真剣な顔の男達も多い。射るにしたがい、熱くなるらしく武士の姿も混じっている。加門は中の二人に目を留めた。

そこで矢を射ているのは、一味のうちの二人だった。

一人は甲賀の生まれだという木野左右衛門、もう一人は栄次郎を斬った秋元兵四郎だ。それぞれに眼を細め、唇を嚙《か》んで弓を引いている。放たれた矢は見事に的に当たり、矢場の娘が、

「あたーりぃー」と高い声を出した。

加門はその場から離れ、宿への道を歩き出す。

客らが出払っているあいだに湯に入るか、と痒くなってきたもみあげを搔いた。

宿に上がると、人の気配が近づいて来た。

「や、熊吉殿、戻ったか」

やって来た河辺鹿之助に、

「こりゃお侍さん」

と、愛想を向けつつ、鷹の間に向かって歩く。

「どうでしたか昨日の薬は」

「うむ、よく効いたぞ。足の浮腫もすっきりした」

そう言いながら鹿之助が付いて来る。

「そりゃよかった、ではまた同じ物をお出ししましょう」

部屋に入った加門は、鹿之助に昨日と同じ丸薬を渡す。

「これはなんという薬だ」

「へい、千味丸《せんみがん》という本草薬《ほんぞうやく》で、薬種屋でも買えますよ」

「そうか、ならば江戸に入ったら買うことにしよう」

さっそく包みを開いて丸薬を口に放り込む鹿之助を、加門は横目で見る。

「江戸に行きなさるんで」

「ああ、そうだ。これから大仕事になるのでな、元気でなければいかんのだ」

鹿之助は大きく頷きながら、薬代を差し出す。

「はあ、そりゃ……」

銭をしまいつつ、加門ははっと顔を上げた。思わず相手を見そうになって、あわてて目をそらし、言う。

「なら、江戸にはいい医者がおりますよ。阿部将翁《あべしょうおう》という名医が大伝馬町《おおでんまちょう》で医学所をやっていますから、行ってみなすったらどうです。直弟子の医者が何人もいるそうですから、診てもらえばもっといい薬を出してもらるでしょうよ」

「そうなのか」

「へい、評判のいい医学所です。あたしもそこの医者に、いろいろと教えてもらったんでさ」

そうか、と鹿之助は聞いた言葉を反芻《はんすう》するように小さく口を動かす。

「それはよい話を聞いた。礼を言うぞ」

鹿之助はぐっと薬の包みを握ると、立ち上がった。

五

翌日も晴れて、宿の板間には窓から明るい陽射しが差し込んできた。

「皆さん、いい知らせですよ」

手代が息を整えながら、客らの前に立つ。走って来たらしい。

「今、渡し場に行って来たんですが、昼頃には船が出そうです」

おう、そりゃよかった、と皆の顔がほころぶ。

「まあ、ですが」手代は揉み手になる。

「たくさんのお客さんが待ってますからね、すぐに乗れるというわけじゃありません。今日も宿では中食を用意します。大きな握り飯が三個にうまい香の物と佃煮が付いて、たったの十八文。お安くしましたんで、ぜひどうぞ」

「へえ、買うか」

客らがつぶやく。

「けど、安いたって今は米が安いんだからよ、それほど得でもあるめえ」

「ああ、けど、腹は減るぞ」

皆の声に、手代は手を揉む。

「宿で食べるもよし、持って行って船を待ちながら食べるもよし、これは握り飯だからできること。今日も早い者勝ちですからね、お忘れなく」

弾むような口上と笑顔に、皆にも笑みが浮かぶ。

「買うか」

「そうだな、川で船を待つあいだに食えるな」

渡しの再開で客らの機嫌もいい。

加門はわいわいと沸《わ》き立つ客らを、そっと見まわした。次郎の一味も、皆、話しながら箸を動かしている。面持ちに覇気《はき》が表れているところを見ると、今日の渡しに乗るつもりなのだろう。

加門は上目《うわめ》でそっとそのようすを見つめた。


加門は部屋に戻ると、荷造りをした。いつでも発てるようにしておかなければならない。同室であった客らもせっせと荷物をまとめている。

さて、と荷造りを終えた加門は、外へと出た。

渡し場がどの程度混み合うのか、見当《けんとう》もつかない。街道に立って見ていると、蕨宿だけでなく、浦和宿や大宮宿《おおみやしゆく》から来たらしい人々も見える。渡しの再開を、それぞれの宿場で待っていたのだろう。急ぎの者は朝早くに発って来たに違いない。

やって来る人々を眺めていた加門は、あっと声を上げた。父の友右衛門の姿が見えたからだ。杖を突いてゆっくりと歩く父の隣には、駕籠が揺れている。乗っているのは栄次郎だ。

「ち……お父っつぁん」

加門が寄って行くと、「おう」と友右衛門は駕籠とともに止まった。栄次郎も駕籠から身を乗り出して加門を見上げる。

「傷はどうだ」

身をかがめる加門に、栄次郎はにこりと笑って見せた。

「大丈夫だ。おかげで揺られても痛くないぞ」

「そうか」加門は頷いてから、父に小声で問う。

「渡し場に行くんですか」

「ああ、船が出ると聞いたのでな」

「では、わたしも付いて行きます」

うむ、と頷いた父は「行くぞ」と駕籠かきに声を上げ、再び歩き出した。

小声で次郎の一味のようすを話しながら、加門も戸田川へと向かう。栄次郎を船に乗せてしまえば安心だ。

前方に盛り上がった土手が見えてきた。

「ここでいい」

友右衛門は駕籠かきに声をかけ、栄次郎を下ろす。

杖を受け取った栄次郎は、少しだけ左脚を引きずるようにして歩き出した。

「それだけ歩ければ、もう大丈夫だな」

加門は横に並んで進む。前方の土手を、多くの人が上って行く。

「よい天気だ」

父は空を見上げて、眼を細めた。加門も広がる土手を見渡す。と、はっと息を吞んで足を止めた。皆が土手を上る中、下りてくる男がいた。

「父上、左に行きます」

そう声をかけると、並んだ栄次郎の腕を引く。

「なんだ」

栄次郎は身体を傾け、加門は、

「振り向くな」

と、ささやいた。が、同時に栄次郎が振り向いたのがわかった。

「見るな」

加門はさらに腕を引いて、土手の下を横に歩き出す。栄次郎が慌てて加門に身を寄せた。

「秋元兵四郎だ」

その言葉に加門は思わず、ちっと鳴らしそうになった舌打ちを吞み込んだ。

「見るなと言うたのに」

加門の叱責《しっせき》に、栄次郎が掠《かす》れた声を出した。

ている。

「目が、合った」

「なんだと」

加門は顔をそっと横に向け、目だけでうしろを探る。秋元兵四郎があとを付いて来ている。

並んで歩いていた父が、加門にそっとささやく。

「栄次郎を斬った男だな」

「ええ。おそらく渡しのようすを見に来たのでしょう」

加門は唇を嚙む。

薬売りの形《なり》であるため、刀は差していない。旅に持って来ていた短刀も、持たずに出て来てしまっていた。

加門は隣の父の腰に、短刀が差してあるのを確認し、

「あとでその短刀を貸してください」とささやく。

うむ、と父は目で頷いた。

加門は両脇の二人に、顎で左前方を示した。竹林がある。

「あそこに行きましょう。林に入ったら、栄次郎は右に、父上は左に逃げてください。わたしが秋元を止めます」

わかった、と栄次郎がつぶやく。

三人が竹林に入る。頭上で風が吹き、ざわざわと葉ずれの音が響き渡った。

「これを」

父が短刀を加門の手に渡した。そして、走り出そうとする栄次郎から、

「貸せ」

と、杖を奪い取って、友右衛門はそれを刀のように握った。

加門はくるりと向きを変える。

秋元が竹林の中に入って来た。右に走って行く栄次郎を見つけて秋元も走り、そのあとを追う。

加門もそちらに走る。

足を引きずる栄次郎に、秋元はすぐに追いついた。

前に回り込んだ秋元は、

「こやつ、まだおったか」

栄次郎と向き合い、鯉口《こいぐち》を切る。

「なにを嗅ぎ回っていた」

そう睨みつけながら、秋元はじりりと足を踏み出す。

栄次郎はあとずさる。

向き合う二人の間合いが縮まる。

秋元がすっと刀を抜いた。

加門が栄次郎の前に飛び込んだ。父もあとを追って来る。

栄次郎をかばうようにして立つ加門を、秋元は睨《ね》めつける。と、同時にその目元を歪めた。

「きさま……宿にいた薬売りではないか。仲間だったのか」

加門は栄次郎に「逃げろ」とつぶやく。

栄次郎は頷いて、じりじりとうしろに下がる。

加門の横に、友右衛門が並んだ。

両手を上げて構えるが、その手にあるのは竹の杖だ。

加門は横目でそれを捉え、

「父上も、早くお逃げください」とつぶやく。

「馬鹿め」父が半歩踏み出した。

「子を置いて逃げる親がどこにいる」

ほう、と秋元は顔を歪めた。

「そなたら親子か、武家だな。何者だ」

そう言いながら、刀を抜く。その切っ先を二人に向け、

「なぜ、我らを探る。誰に命じられた」

じり、と足を踏み出す。

「答えぬが答えか」

柄《つか》を握る秋元の手に、力がこもるのがわかった。

「ここで邪魔されるわけにはいかんのでな、得体の知れぬ者は斬る」

秋元が友右衛門を見る。

「まずは爺《じじい》、きさまからだ」

声を放って、秋元が腕を上げた。

友右衛門は杖を横にして、頭上に掲げる。

高く振り上げられた秋元の剣が下ろされた。と、重い音がして、その剣が弾かれた。

竹が割れ、中に仕込まれた鉄の棒が顕わになる。

父はそれを振り下ろし、脇から秋元の腕を打った。

喉元から唸りを洩らし、秋元が退く。

加門は父の前に跳び出した。

「あとはわたしが」

加門が秋元と向かい合う。

秋元がぐっと口を歪め、柄を握り直す。

加門も短刀を抜き、腰を低くした。

加門は素早く目を動かし、辺りを窺う。

竹は密生しており、長刀を振りまわすのは不利だ。加門は左側が特に竹の多いのを見て取った。

秋元が息を吸い込むのがわかった。

加門は腹に力を込める。

地面を蹴った秋元が腕を振り上げ、刃が宙を斬った。

真下に振り下ろされた刀を、加門は横に跳んで躱《かわ》す。

身を低く構えて、加門は刃を真横に構える。

秋元は刀をまわそうとして、ぐっと足を止めた。切っ先に竹が触れそうだ。

身を斜めにずらし、秋元は竹のあいだを抜けた。そのまま踏み込んで来る。

加門はさらに身を低くして、横にずれた。

それを追った秋元の剣が振り上げられる。

加門は身をかがめて、秋元に寄る。

秋元の剣が、加門を狙った。

振り下ろされたその刃を、加門は下から短刀で受けた。

相手の剣を弾いて、その隙に、短刀をまわす。

加門はそのまま突っ込み、脚に斬りつけた。

手応えを感じて、加門は横に跳び退いた。

秋元は斬られた腿を見下ろして、すぐにその顔を上げた。目が血走っている。

「こやつっ」

怒声を放って、秋元が刀を振り上げた。足を引きずりながらも、身体ごと斬り込んでくる。

加門は左側に跳ぶ。

追って来た秋元は、振り下ろした刀で竹を切った。

「くそっ」

勢いのままに、次々と竹を切ると、その剣を捨てた。と、その手で脇差しを抜く。

短い脇差しであれば、動きやすい。秋元はにやりと笑って、加門ににじり寄って来る。

来い、と加門は口を動かした。
秋元は眉を吊り上げ、脇差しを振りかざす、
飛び込んで来たその刃を、加門の短刀が受ける。
竹林の中に、ぶつかり合う音が響いた。
秋元の目がさらに血走り、その腕が大きく上がった。
加門はすっと、身を落とす。と、一歩、相手に飛び寄った。
秋元の脇腹をめがけて、その手を突き出す。
ひと突きすると、秋元の動きが止まった。
加門は短刀を抜くと、その手を上げる。それを喉元めがけて、横に滑らせた。
ぐっ、と音が鳴り、喉から血飛沫が飛んだ。
加門は血を避けて、横に飛ぶ。
その場に、秋元は崩れ落ちていく。
「大丈夫か」
走り寄ってきた父に頷きながら、加門は、
「栄次郎」と呼ぶ。
「ここだ……ぶ、無事か」

奥の竹藪から出て来た栄次郎の背を、加門は父に向けて押す。

「すぐに渡しに乗ってください」

二人の背中を押しやりながら、加門は竹林を出る。

「そなたはどうする」

振り向く父に、加門は、

「わたしは残ります。いずれ秋元の亡骸《なきがら》も見つかるでしょうから、次郎の一味がどう出るか、確かめてから戻ります」

わかった、と父は平静を取り戻すため、深呼吸をした。目の前には明るい土手が広がった。

勾配《こうばい》を上り出した足を止めて、友右衛門は振り返り、息子を見た。

「そなた、一人前になったな……いや、とうになっていたのか」

ふっと小さな笑みを浮かべて、父は前に向き直った。栄次郎の背に手を添えて、土手を上り出す。

二人の姿が土手の向こうに消えたと同時に、加門は宿場に向けて踵を返した。

宿が見えてきた所で、加門は顔をそむけた。一味の木野左右衛門と勝田清蔵がやって来たのだ。

「まったく、なにをやっているのだ」

「秋元殿のことだ、矢場にでも行っているのではないだろうな」

「むっ、ありうるな。では、わたしが川を見に行くから、そなたは宿場を探してくれ」

木野は勝田に町を指さすと、己は川に向かって歩き出した。

加門は顔を伏せたまま、宿へと戻る。

すでに発った客も多いらしく、下足棚《げそくだな》には空きが多い。

「おおい、握り飯を頼むよ」

台所に声をかけている客もいる。

「はいはい」

番頭が忙しそうに廊下を行きつ戻りつしている。

「番頭さん」

それを加門は呼び止めた。

「はい」番頭が立ち止まる。

「これは熊吉さん、お発ちで」

いや、と加門は笑顔を作った。

「あたしは急がないので、もう少ししてから発とうと思っているんだ。なので、部屋を借りててもいいかね」

「ああ、はいはい。ようござんすよ。慌てて出て行っても、どうせ川で待たされますからね、ここでのんびりしていたほうがお得というもの。そういうお方もいらっしゃいますから」

「そうかい、ならよかった。で、ちょっと頼みなんだがね、別の部屋を使ってもいいかね。あの鷹の間はどうにも蒸していけないや」

ああ、と番頭は頷いた。

「あの部屋は確かに風が入りませんで。ええ、ようござんすよ、熊吉さんのおかげでお客の腹痛も治ったたし、お世話になりましたんでね。ええと、二階に掃除が終わった部屋がありますから……」

「ああ、いいんだ」上を指さす番頭を、加門は制した。

「ちょっと手足を伸ばしたいだけだから、掃除なんぞしてないほうが、気楽ってもんだ。好きな部屋を使わせてもらうよ」

「そうですかい」

「ああ、手代に宿代は払っておくから、休んだら適当に出て行くよ」

「へい、ならそういうことで、ごゆっくり」

番頭は頭を下げると、また忙しそうに小走りになった。

加門はちょうど廊下にいた手代に声をかけて、部屋へと戻った。

次郎の部屋はわかっている。
加門は右隣の部屋の前に立った。中から人の話し声が聞こえてくる。
左隣の部屋に行くと、そちらはしんとして音がない。そっと開けると、客が発った
あとの乱雑さがそのままになっていた。
よし、と加門は荷物を抱えて中に入る。
隣を隔てている襖に耳を寄せると、話し声が聞こえてきた。
「握り飯を買っておきましょうか」
鹿之助の声だ。
「そうだのう、ここで食ってから出て行ってもいいかもしれぬの」
答えたのは次郎だ。
鹿之助が出て行く。

加門も襖から離れると、窓辺へと寄った。開いていた窓を閉める。このほうが隣の音がよく聞こえるためだ。

しばらくして、鹿之助が戻って来たのが察せられた。

「帳場に番頭がいたので、宿代も払ってきました」

「うむ、そうか、さすが勘定役は頼りになるな」

二人の声が和《なご》やかに、交わされる。

河辺鹿之助は勘定役か、と加門はそれを耳に刻みつけた。そういえば、天一坊も家来に役を付けていたという話だったな……。加門はそのまま息をひそめ、耳を傾けていた。と、その耳がそばだった。廊下を駆ける足音が響いてきたのだ。

隣の襖が開く。

「次郎様」

部屋に木野の声が飛び込むのがわかった。

「大変です、あ、秋元が、斬られました」

「なんだと」

襖に耳を付け、加門は息を殺す。

「た、竹林で……秋元兵四郎が……」

息切れした声に、「落ち着かれよ」と鹿之助が一喝《いっかつ》する。

ややや間を置いてから、木野の声が落ち着いた。

「渡し場に行ったのですが秋元は見当たらず、浪人を見かけなかったかと聞いてまわったところ、竹林のほうに行ったのを見た、という者があったのです。なので、行って見たところ、秋元が斬られて死んでおったのです」

「誰に斬られたのだ」

次郎の声も揺れる。

「それは、わかりませぬ、ですが、遊び人の喧嘩《けんか》でないことは確か。あの斬り方は剣術の覚えのある者……武士であるのは間違いありませぬ」

沈黙に続いて衣擦《きぬず》れが鳴った。

「すぐに発つ」

次郎の声に鹿之助が続ける。

「はい、それがよいかと。役人に見つかれば、我らも検分されましょう。木野殿、清蔵はどこだ」

「宿場を探しております」

「では、清蔵を拾ってそのまま渡し場に参ろう」

慌ただしく荷造りをする気配が、伝わってくる。
まもなく、襖が開き、三人の足音が出て行った。
しばしの間を置いて、加門もそっと宿を出た。

第二章　吉兆《きっちょう》と凶報

一

にぎやかな神田《かんだ》の道を歩いて、加門は須田町《すだちょう》の路地に入った。普段暮らしている町屋だ。

裏口の鍵を開けて、中に入ると、加門はすぐに手近な窓から開けはじめた。数日間、締め切りだった室内は、空気がむっとして重い。

開いた窓からは涼やかな風が流れ込み、加門はそれを受けながら両腕を伸ばした。

昨日、御庭番の御用屋敷で、加門は古坂与兵衛に報告をすませていた。次郎の一味が板橋宿に着き、あとは馬場と高橋が見張りを引き継いだのだ。

蕨宿で秋元を斬ることになったのは、役目の外《ほか》だったが、それを告げると、古坂は眉を寄せつつもこう言った。

〈宿場の役人に話がつくよう、わたしが上に報告しておこう。案じずともよい、いろいろとご苦労であった〉

それを思い返すと、風がより心地よく感じられた。これで役目は終わった、という安堵感《あんどかん》が胸に生まれる。

表の道に面した窓も開けると、戸口も開け放とうと土間へと下りた。と、そのまま身をかがめた。書状が落ちている。戸の隙間から差し入れられたに違いない。

もしや、とつぶやきながら、加門は窓の前に戻って封を開けた。

やはり、と見慣れた田沼意次《たぬまおきつぐ》の文字に、加門は目を走らせる。

西の丸に登城されたし、か……えっ……。加門は顔を上げる。八月二十日、とは明日のことではないか……。

加門は慌てて柳行李《やなぎごうり》を開けて、紋付《もんつ》きの着物を出す。加門は手で皺《しわ》を伸ばしながら、それを衣紋掛《えもんか》けにかけた。


翌日。

江戸城に上がり、西の丸に赴く。

いつも行く中奥《なかおく》の戸口ではなく、加門は庭へと回った。

内密のことゆえ庭から来られたし、という意次の文字を頭の中で浮かべていた。すでに御簾《みす》は取り払われているが、庭の廊下は半分開け放たれている。近づくと、すぐに奥から意次が姿を現した。

「加門」

という口の動きとともに、手招きをしている。

沓脱石《くつぬぎいし》から上がると、意次は手招きのまま、中奥の一室へと加門を誘《いざな》って行った。

歩きながら、加門は辺りを窺う。西の丸の主である徳川家重の気配がない。

「家重様、いや大納言《だいなごん》様はおられないのか」

西の丸では官位の大納言で呼ぶのが通例だ。小姓《こしょう》である意次も内と外では使い分けている。

小声で問うた加門に、意次がやはり小声で返した。

「うむ、今日は家治《いえはる》様に会われるために、本丸においでだ」

家重の一子である家治は、吉宗が「我が手で育てる」と本丸に移し、養育している。

産みの母である側室お幸《こう》の方とともに、家重はときおり本丸に会いに行くことになっている。

意次は奥の部屋に着くと、小声のまま声をかけた。

「お方様、宮地加門が参りました」

「では中へ」

返ってきた声に、加門はそういうことか、と得心した。開けられた襖の向こうにいたのは、お逸《いつ》の方だった。

家重の正室は早産により子とともに、死亡している。その後、側室となったお幸の方が跡継ぎとなる家治を産んだものの、家重の寵愛《ちょうあい》はこのお逸の方に移って久しい。

「これはお方様、お久しゅうございます」

加門が挨拶《あいさつ》をすると、お逸はもどかしそうに手を上げた。

「堅苦しゅうせず、近うに」

はっ、と加門が膝行すると、お逸は左腕を差し出した。

「脈を診てもらいたいのです、さ」

お逸の逸る《はや》仕草に、意次が加門に微笑《ほほえ》みを向けた。

「ご懐妊なさっているのではないかと……それを診てほしいのだ」

「ご懐妊ですか」

「ええ」お逸が大きく頷く。

「今度こそ、本当のような気がするのです」

お逸がぐいと腕を伸ばす。

三年前、お逸は懐妊したようだ、と自ら言ったものの、それはのちに勘違いであったことが明らかになった。家重にぬか喜びをさせたことで、お逸はずいぶんと気に病んだことを加門は思い出す。

手首で脈を探《さぐ》りながら、加門はお逸に問うた。

「月のものが最後にあったのはいつですか」

「五月です。六月七月はなかったのですが、また勘違いでは恥ずかしいゆえ、ずっとようすを見ていたのです。なれど、吐き気もいたすし、おさまるようすもないので、今度こそ懐妊ではないかと思うて」

うむ、と意次も頷く。

「なれど、奥医師に診せると、ご懐妊がひろまってしまうであろう。そうなればまたお幸の方様やお付きの女中らがどのような嫌がらせをするか、わかったものではない。ゆえに、そなたに密かに診てもらおうということになったのだ」

加門は目顔で頷きながら、指先に気を集中させる。

懐妊の初期には、神門《しんもん》と呼ばれる箇所に独特の脈が表れると言われている。以前にも診たのだが、そのそのときには脈は出ていなかった。

指を神門に当て、加門は指先に集中する。

「これは」加門は顔を上げた。

「力強く速い脈が出ています。ご懐妊に間違いないようです」

「まあ」

腰を浮かせるお逸に、加門は頷く。

「ご気分がすぐれないというのも、悪阻《つわり》でしょう。お顔もふっくらとなさっておられるし、それらは師から教わったとおりの懐妊の兆候《ちょうこう》です」

手首を離すと、お逸は両手で腹部を撫でた。

意次も膝行して、お逸に微笑んだ。

「ようございました。おめでとうござりまする」

「ええ、ええ、ありがとう。意次様にも礼を申します」

「ですが」加門は声を落とした。

「まだ公《おおやけ》になさらないほうがよろしいかと。ご懐妊のはじめの頃は、お身体やお心の持ちようで御子《みこ》にも障《さわ》りが出やすいといいます。大納言様だけにお伝えして、あとはもうしばらく伏せておくのがよいかと存じます」

「まあ、ええ、そう、そうですね、なれどしばらくとはどのくらいですか」

「あとひと月ほどたてば、御子もお身体も落ち着かれると思います」

「ひと月、ええ、わかりました、加門殿の言うとおりにいたしましょう」

満面の笑みで頷くお逸に、

「お身体を冷やしませんように、それと気分が悪くなっても、決して薬は服まれませんよう、お気をつけください」

そう言って、腰を上げた。

お逸は笑みのままに、また「ありがとう」と礼を言う。

「では、これにて失礼を」

加門が退出すると、付いて来た意次が、

「ついでに寄って行け」

と、自室を顎で示した。

歩きながら、意次は横に並ぶ加門のもみあげを突《つっ》く。

「なんだ、赤くなってるぞ」

ああ、加門は苦笑する。狸の毛を貼っていたせいでかぶれた、とは言えない。

意次の部屋は中奥の一室だ。加門は馴染《なじ》んだ部屋の中を見まわしながら、屏風《びょうぶ》の陰にたたまれた布団に目を留めた。

「相変わらず、泊まり込むことが多いのか」

　ああ、と意次は苦笑する。

「最近は家重様に政務の報告に上がることも多くなってな、なにかと忙しいのだ」

「しかし、奥方はどうなのだ。具合はよくなったのか」

　意次は二年前に妻を娶《めと》っている。

「いや、相変わらず寝込んでいることが多い」

「なれば、そなたがおらぬのは心細いのではないか」

「ううむ……あっちは寝込んでいるしこっちは忙しいで、それほど情が通じ合っておらぬからな、戻ってもそれほど喜ぶようすはないのだ」

　そうか、と加門は眉を寄せる。意次が妻を娶ると聞いたときには寂しい気もしたが、平穏でないと聞けば心配になる。

「身体が弱いのは当人も周りも難儀だからな、よい薬を探してみよう」

「ああ、すまんな、よけいな手間をかけて」そう言いつつ、意次は膝行して小声になった。

「それよりそなた、御庭番なれば知っているのだろう。上様の御落胤を名乗る男が、江戸に入ったらしいではないか」

加門はぎくりとしながらも同じように小声になる。

「どこで知った」

「わたしも聞いたばかりだが、噂になっているらしいぞ。町に流れた噂が、城にも伝わってきたということだろう。家重様も耳にされて、調べろと言われたのだ」

「噂……」加門は腕を組む。

「確かに、その一味は板橋宿に入ったのだが、人には知られていないはず。御庭番が洩らすはずもない。となると、一味自ら噂を流したのかもしれんな」

「そうなのか、一味とは、一人ではないのか」

加門はぐっと口を閉じる。上様の御下命による探索を、口外するのは禁じられている。が、次期将軍家重の問いであれば、答えぬわけにもいかない。

「ああ、実はこのもみあげはな……」

加門は浦和宿から戸田の渡しまでのいきさつを話した。

「そうだったのか。その話、家重様に告げてもよいか」

「ああ、噂が流れているのならば、いずれ探索も公になるだろうからな」

「しかし、御落胤とはな……」

「うむ……」

二人は眉を寄せて頷き合った。

二

翌朝。

加門はしばらく休んでいた医学所へと出向いた。

主である阿部将翁は、奥の部屋にいるはずだ、と加門はそちらに直行する。将翁は最近は講義を弟子の海応《かいおう》にまかせ、やって来る患者の治療や薬造りに専念している。寄る年波で足腰が弱ったせいもあるが、育った弟子らが一人前の医者になり、自らが往診に出向く必要もすでにない。加門も長年講義を聴いているため、この頃は講義に出ずに将翁の手伝いをするようになっていた。

「先生」

薬研《やげん》で生薬《しょうやく》を砕いている将翁に、加門が寄って行く。

「おう、加門か、久しぶりじゃな」

「はい、すみません、仲間の脚を縫いに行ってました」

いぞ」


「ほう、うまくいったか」

手を止めた将翁に、加門はかしこまって正座する。

「はい、なんとか……明日、糸を抜くつもりです」

「ふむ、そうか。糸を抜いたあとも油断すると膿《う》むことがあるからな、気を抜くでな
はい、加門は薬棚を見る。

「先生、身体の弱い女人によい薬はないでしょうか」

「女人とは、若いのか年寄りか」

「若いのです。覚えておられましょうか、以前、こちらにも来たことがある田沼意次、あの者が妻を娶ったのですが、どうも弱いらしくて寝込んでいるそうなのです」

「田沼意次……ああ、あの旗本の倅、いやすでに主であったな。ふむ、妻を得たか、そなたは会うたことがあるのか」

「はい、二度ほど、屋敷で。色が白く、声が細く、身体も華奢《きゃしゃ》です。心身の気が弱い、というか気が不足している気虚《ききょ》ではないかと思います」

ふうむ、と将翁は顎を撫でる。

「気の弱い者は活気がなく身体もだるいから、よけいに動こうとせん。ゆえにますま

す気の巡りが悪くなるんじゃ。これが町方の女房ならば、一日中動きまわるから、気も巡るのだがな。いや、最近は御家人の妻《さい》もじっとはしておらぬと聞くな。先日も中間《ちゅう げん》に暇を出したせいで、そこの妻が薪《まき》を運んだら腰を傷《いた》めたと言ってな、駆け込んで来た御家人がおった」

「ああ、はい」加門は頷く。

「米の値が下がって、御家人は暮らしがますます大変になっていますから、皆、やりくりが大変で忙しくしています。うちの母も朝から晩まで、動きまわっています」

「うむ、それは大変であろうが、身体にはよいのだ。気が巡り血も巡り、活気と元気が出る。じゃが、旗本の奥方ともなると、家のことはみんな家人《けにん》がして、動かんであろう。気の弱い者がじっとしておればますます弱くなるだけ……じゃが、働けと言うても無理であろうな」

将翁は身体をひねると、薬棚を開けた。

「気の足りない者には補うのが我らの仕事。どれ、補気薬《ほきやく》を調合してやろうかの」

「ありがとうございます」加門は頭を下げて、それをおずおずと上げた。

「あの、それと……」

「なんじゃ、まだあるのか」

「はい、実は別のある女人が、懐妊をしたようなのです」

「ほう、その女人も身体が弱いのか」

「いえ、そのお方はお元気で顔色もよく、声にも張りがあります。脈も乱れがなく、強く打っていました」

ふむ、と将翁は上を見た。

「なれば、心配はなかろう。あと無事に生まれるどうかは、一つ、天命のようなものもあるからのう、じたばたせんことじゃ」

「天命ですか」

意外な言葉に、加門が将翁を見ると、

「うむ」将翁は頷く。

「生まれるかどうかは天の定め、母御が悪いのでもなく、子が悪いのでもない。たくさんの命を見てきてな、わしはそう思うようになった」

はあ、と加門も天を仰ぐ。実感は湧かなくとも、言わんとすることがわかるような気がした。


御庭番御用屋敷に入ると、加門はまっすぐに吉川栄次郎の屋敷へと足を向けた。手にした道具箱には、栄次郎の糸を抜くための道具が入っている。

屋敷に近づくと、三つの人影がこちらを向いた。栄次郎の脇に、村垣家の清之介と千秋が立っている。清之介は今日は非番らしい。

「なにをしているんだ」

加門が寄って行くと、清之介が栄次郎の脚を指さす。

「じっとしていると脚がなまるだろうと思うてな、歩く修練をさせていたのだ」

「ええ、なれど」隣の千秋が進み出る。

「まだ傷が治りきっていないのに、無理をさせるのはどうかと、わたくしは案じていたのです。加門様が来られてちょうどよろしゅうございました、いかがなものなのでしょう」

「ああ、どちらにも利があります」加門は微笑む。

「怪我をしたからといってじっとしていると、足腰がなまるのでよくない。だが、あまり動きすぎるのも傷によくない。まあ、しかし、栄次郎の場合、もう傷口はついているはずだから、平気なはず。今日は、糸を抜きに来たのだし」

「抜くのか」

栄次郎が顔をしかめる。

「まあ、どのように抜くのですか」

千秋が加門を見上げる。

「いや、糸を切って引っ張るだけです」

「わたくしにも見せてください」

目を見開く千秋に、清之介があきれ顔になる。

「そのようなものを見たがるとは、まったくそなたは……」

「いや、見てくれ」声をうわずらせたのは栄次郎だ。

「みんながいれば、気が紛《まぎ》れそうだ」

そのすがるような顔に、加門は苦笑をかみ殺した。

「それほど大層なことではないぞ……いやしかし、そうか。話しているあいだにやってしまえば、確かに痛みはあまり感じないかもしれないな」

よし、と加門は皆を促し、吉川家へと歩き出した。

奥の部屋で、三人が栄次郎を囲む。

加門が道具を出すと、栄次郎はすぐに顔を横にそむけ、清之介に話しかけた。応える清之介も顔を横に向けたままだ。が、千秋は加門の手元を覗き込み、じっと見つめている。

「まあ、本当に縫ってあるのですね。人の身体を縫うなんて、難しいのでしょうね」

「言わないでくれ」

栄次郎は上を見て、顔をしかめる。

はは、と思わず笑いながら、加門は鋏《はさみ》で糸を切った。

「わたしもずいぶんと修練をしたんですよ、師が上手《じょうず》なので、手取り足取り教えてもらいました」

「まあ、すごい、糸がするりと抜けるんですね」

「千秋殿、いちいち言わないでいい」

栄次郎がまた声を落とす。

ははは、と今度は清之介が笑い出した。

「なんだ、気の小さいやつめ」

が、その顔もやはりそむけたままだ。

ぱちんと、最後の糸を切って、加門はそれを抜いた。

「終わったぞ。傷口はちゃんとついている」

その言葉にやっと二人の男も、顔を戻した。

栄次郎は深い息を吐いて、背筋を伸ばす。脚をかばいながらも姿勢を正し、加門に頭を下げた。

「加門、こたびはいろいろとすまなかった」

「なにを」加門は笑みを向ける。

「詫びるようなことなどない。栄次郎は立派に務めを果たしたではないか」

「いや……わたしは不出来で未熟者だ。つくづく己がいやになった」

うつむく栄次郎に、加門はかける言葉を探して黙り込んだ。

「あら、栄次郎様は不出来なんかじゃありません」声を上げたのは千秋だ。

「絵があれだけお上手なんですから、充分ではありませんか。なに一つ取《と》り柄《え》のないお方だっていますもの」

千秋は隣の兄を見るが、兄はその意図に気づかず「そうだそうだ」と笑う。

加門は思わず吹き出し、栄次郎も笑い出した。

「千秋殿にそう言ってもらえると、気持ちが明るくなるな」

栄次郎の目元が弛み、声も朗《ほが》らかになる。

「もう大丈夫だな、ほどほどに歩くのが一番いいぞ」

加門はそう言うと、道具箱を片付けて腰を上げた。

「あら、帰られるのですか」

見上げる千秋に、

「ええ、この道具箱を医学所に返さねばなりませんから」

箱を持つ手を上げて、加門は微笑んだ。

吉川家を出て、御用屋敷の門へと向かう。と、門の手前でその足を止めた。外から、二人の御庭番が駆け込んで来たためだ。

一人が加門に目を留め、横を走り抜けながら言う。

「加門、戻れ」

板橋宿で次郎一味を見張っているはずの馬場源蔵だ。同じく高橋与三郎も、加門に屋敷を指さした。

「来い」


古坂与兵衛の屋敷に、御庭番十人近くが集められ、加門の父友右衛門の姿もそのなかにあった。

皆の顔を見渡しながら、正面に座った与兵衛が面持ちを険《けわ》しくする。隣に座った馬場源蔵と高橋与三郎がうつむきがちに拳を握っている。

「皆、これを見てほしい」

与兵衛が栄次郎の描いた次郎一味の人相書きを広げる。

「すでに知っている者もあるが、この者らは……」

一味についての説明をすると、顔をさらにしかめた。

「一味は数日前に板橋宿に入り、馬場と高橋が見張っていた。が、今日になり、姿をくらましたのだ」

馬場源蔵が項垂れたまま、口を開く。

「面目ありませぬ。一昨日、一味の一人河辺鹿之助が戻らなかったため、気をつけておったのですが、今日の朝、残りの三人も宿から姿を消していたのです」

「うむ」隣の高橋与三郎も頷く。

「宿に確かめたところ、七つ（午前四時）前に裏から出て行ったとのこと。我らの手ぬかりでござった」

二人が畳に手をつく。

「申し訳ござらん」

皆は沈黙のまま、互いの目を見交わす。その静寂を与兵衛の声が破った。

「皆、この人相書きを覚えてほしい。江戸市中か、もしくは周辺の宿場か、そう遠くへは行っていないと思われる」

「はい」源蔵が顔を上げた。

「一味は板橋宿で、将軍の御落胤が江戸入りしたらしい、と自ら噂を流したのです。と言っても、湯屋《ゆうや》で一度、しゃべったきり。それでも人の行き交う宿場ゆえ、瞬く間に広まりました」

「それから思うに」与三郎も続ける。

「江戸入りは端《はな》からの目的であったはず。身を潜めるとしても、そう遠くへ行くまい、と思われます」

なるほど、と皆の口からつぶやきがもれる。

「皆の衆」与兵衛が背筋を伸ばす。

「この探索に加わってくだされ。居場所を突き止めるだけでよい。よろしく頼む」

小さく頭を振る与兵衛に、皆が大きく頷く。

「承知いたしました」

「では、さっそく」

早々に出て行く者もある。

与兵衛は加門と友右衛門に目を向けた。

「二人は一味の顔を見ておるゆえ、頼みにしておる」

「はい」と、横目で頷き合う親子に、与兵衛は改めて頭を下げた。

三

加門は町をゆっくりとひと巡りして、須田町の家への帰路に着いた。このひと月近く、医学所を引けたあとは、一味を捜すためにずっとそうして歩きまわっている。

家に着くと、加門はおや、と足を速めた。戸口が開いている。留守のあいだに裏口から上がり込むのは意次だ。

意次か、とつぶやきながら戸を開けた加門は、え、と目を見開いた。

座敷に上がっていたのは、父の友右衛門だった。

「父上でしたか」

「おう、戻ったか」

父は火鉢《ひばち》で湯を沸かしている。父も昔、役目で一時この家にいたため、勝手はわかっているのだと、以前にも言っていた。

「父上も探索なさって来たのですか」

「ああ、しかし、相変わらずなんの手がかりも摑めん。そなたもか」

父は沸いた湯を薬罐《やかん》から茶碗に注ぎ、加門にも差し出した。

「はい、河辺鹿之助が医学所にやって来るのではないかと期待していたのですが、いっこうに現れませんし」

「もうひと月にもなるというに、どこに姿を消したものか」

「ええ、皆さん、さまざまな宿場も探索しておられますよね」

「ああ、川崎宿《かわさきしゅく》や府中宿《ふちゅうしゅく》まで足を伸ばした者もいる。こうなるとわたしは思うのだがな、一味はばらけておるのではないか」

「はい、わたしも最近、そう感じるようになりました。四人組であれば目立ちますが、一人ひとり別に動けば、町に埋もれてわからなくなります」

「うむ、それよ」友右衛門はずっと音を立てて白湯《さゆ》を飲む。

「江戸には浪人がごまんといる。それをしらみつぶしにするのは大層な仕事だ」

「上様には……」加門は上目で問う。

「ご報告申し上げているのですか」

「ああ、古坂殿がことの次第をちゃんと知らせている。だが、それほど関心を示されない、というか、熱心ではないようだ、と言うていたな。まあ、上様は米価の下落でいろいろとお忙しいだろうから、無理もない。米問屋に買米《かいまい》を命じたばかりであるしな、その成果が出るまでは落ち着かれぬであろう」

ほう、と友右衛門は息を吐く。

加門は多少、淀《よど》みながらも口を開いた。

「上様は、次郎の件、どのように仰せなのですか。天一坊のときには、覚えがあると仰せになられたんですよね」

「ああ、それもな、実ははじめの頃に古坂殿がそっと聞いてみたそうだ。お覚えはおありですか、とな。すると、ないとはいえぬ、とお答えになったそうだ」

ううむ、と加門は口を尖らせる。それを見た父は、膝行して息子に近寄ると、小声でささやいた。

「実はな、わたしは考えたのだ。あの次郎、年の頃は三十くらいであったろう」

「はい、若くて二十九、いっても三十一、という見た目でしたね」

「ああ、それで生まれ年を遡《さかのぼ》るとどうなる。家重様は正徳《しょうとく》元年（一七一一）のお生まれだから、今年で三十四であろう」

「はい」

「でな、家重様の母御は出産後しばらくして、亡くなられておる」

「あ……」

「うむ、御正室も家重様がお生まれになる前の年に、御子のないままに亡くなられている。上様の奥の暮らしは、お寂しかったであろう」

「なるほど。ですが天一坊は上様十六歳の頃、と納得もしますが、家重様がお生まれになった頃は、上様も分別ざかりのお年では」

「ああ、二十代の終わり頃のはず。しかし、紀州藩主に就《つ》いてはおられたが、まさか将軍におなりになるとは、誰も思うてはおらなんだろうよ。尾張藩主が就くのが順当とされていたのだからな」

　その尾張藩主が相次いで死亡したことにより、吉宗は将軍の座を手に入れることとなったのを、加門は思い起こした。

「そうか、若き藩主で正室も側室も亡くなったとあれば、身近の者にお手を付けても不思議はない……」

　そうつぶやいて、加門はあっと声を上げた。慌てて口を押さえつつ、父に身を乗り出す。

「そうだ、そうなれば家重様に次ぐ次男ということになる。だから次郎と名乗っているということですか」

　友右衛門は神妙な顔で頷く。

「そうも考えられる、ということよ」

なるほど、と加門は繰り返しつぶやく。父は苦笑して、加門の肩に手を置いた。

「まあ、これはここだけの話。迂闊に言うでないぞ」

「はい……あの、意次には言ってもいいですか」

「ふうむ、まあ、意次殿なら相手かまわず軽々に話したりはせぬだろうからな、よかろうよ。ところで一味の件、家重様もご存じであられるのか」

「はい、噂をお耳になさったそうで、くわしくお知りになりたい、と仰せだそうです。意次に問われて、わたしも大まかのことは話しました」

ふうむ、と父は白湯をゆっくりと口に運ぶ。

「家重様にとっても、騙りでなければ実の弟。捨ててはおけぬということであろう。そういえば、お逸の方様はいかがだ」

父だけには、お逸の懐妊を話してある。

「はい、こちらの件で忙しかったので、なかなか時間がとれず。明日にでも西の丸に上がろうと思っていたところです」

「そうか、そなたも役目が多いな。まあ、それは頼みとされている証しか」

父は眼を細めて息子を見る。と、その腰を上げた。

「どれ、飯でも食いに出るか、うまいものを好きなだけ食ってよいぞ」

友右衛門の背に、加門は「はい」と笑みを向けた。


翌日、加門は西の丸に出向いた。

「田沼様に」

目通りと願うと、すでに顔を見知った番人が中へと伝える。やはり顔をよく知る小姓見習いがすぐに現れ、加門を案内する。

中奥の廊下を行くと、そこに意次が待ち構えていた。

「やっと来たな」

片目を細める意次に、加門は、

「お逸の方様はいかがだ」

小声で問う。意次は「それはあとで」と返しつつ、

「大納言様がお待ちだ」

小声でささやく。意次はいつも目通りをする家重の居間へと誘った。

「宮地加門が参りました」

意次の声に「中に」と返ってくる。小姓頭の大岡忠光《おおおかただみつ》の声だ。

加門の挨拶に、家重は「よい」と言葉を出す。そのあとに続く、面《おもて》を上げよ、という続きを聞かずに、加門は顔を上げた。口元に麻痺《まひ》のある家重は、言葉を発するのが困難であり、その不明瞭《ふめいりよう》な響きを忠光が代わりに伝えるのが常だ。加門はすでに馴れており、忠光の言葉を待たずに家重の意図を察することもできる。

加門はやや低頭したまま、上目で家重の口元を窺った。察したとおり、忠光からその言葉が伝えられる。

「御落胤を名乗る一味、その後の動静はいかがか」

「はっ、行方知れずとなり、未だ、所在が摑めておりません」

頭を下げながら、加門は家重が身を乗り出すのを感じていた。

「そな、た…見た…あろ……いかが……」

忠光が家重の問いを、意図をより深く織り込んで加門に投げる。

「加門、そなたは御落胤を名乗る次郎とやらを見たのであろう。姿やようすはいかがであったか」

「はい、背丈は六尺……」

加門の説明に、家重は真剣な眼差しで聞き入っている。

そうか、と加門は思い至る。家重様は次郎に関心をお持ちなのだ。それも排そうというのではない。むしろ、本当の弟であれば、受け入れようとお考えなのかもしれない……。

そう思いながら、加門は昨日、父から聞いた話を反芻《はんすう》していた。

家重を産んだのは、側室のお須磨《すま》の方だ。お須磨はその二年後にも懐妊をした。が、難産のあげくに母子ともに命を落としたという。

次の側室を選ぶこととなった吉宗は、家臣に〈お須磨とつながりのある者を探せ〉と家臣に命じる。まだ幼い家重の世話をまかせるのであるから、できるだけ母に近い女がよい、と考えたのだ。

お須磨の親族を捜した家臣は、又従妹《またいとこ》に当たるお古牟《こん》を見出した。が、家臣らはそこで躊躇《ちゅうちょ》する。お古牟は、美しいという言葉には遠く及ばない見目形《みめかたち》であったからだ。

〈枕席《ちんせき》に侍《はべ》らせるさまにあらず〉

そう考えた家臣は、おそるおそるそれを告げたが、吉宗は〈かまわぬ〉とにべもなかった。

吉宗は女人の美醜にこだわらない、ということが周りを驚かせた。しかし、そもそもの吉宗の父光貞《みつさだ》も女人にはそれほどこだわらず、むしろ大柄な女が好きだったことが知られている。吉宗の母も身体の大きな女人であったため、身分が低いにもかかわらずお手付きとなった、という話も知れ渡っていた。

見目はどうでもよい、とお古牟は側室とされ、やがて男児を産んだ。それが家重の弟であり次男の宗武だ。

そののち、吉宗はお梅《うめ》という奥女中を寵愛するようになった。紀州の城から江戸藩邸へと伴い、将軍の座に就いた折にも江戸城に連れて行く。側室としてお梅の方となり、やがて男児を産むが、この子は夭折《ようせつ》。そのあとに生まれた男児は成長して宗尹と名乗る。

紀州の城にも江戸藩邸にも、ほかに側室がいたものの、江戸城大奥《おおおく》に伴ったのは、お古牟とお梅だけであったという。

〈上様は……〉昨日、父が言った言葉が加門の耳に甦った。

〈女人にはあまり執着なさらないのであろう〉

江戸城大奥でも、お手付きとなった女人は幾人もいるが、ほとんどは家臣に下げ渡してしまっている。意次の父も、下賜《かし》された一人だった。

加門はそれらを思い起こしながら、家重を窺った。

お古牟は二十八の年で世を去ったが、家重はそれまでは世話をしてもらったりもしたはずだ。ほかの側室のことを見聞きしたこともあるだろう。父吉宗は女人に対するこだわりが薄い。となれば、気まぐれなお手付きがあったとしても不思議ではない。それを周知しているからこそ、家重は御落胤も端《はな》から否定はしないのかもしれない。そう考えると、加門も次郎の出自を軽々に否定できない気がしてくる。

家重の口が動く。

それを忠光が言葉にした。

「なにかわかったら、知らせるように、と仰せだ」

「はっ、承知いたしました」

加門は改めて低頭する。

「この加門は」横で意次が声を上げる。

「探索や医学所の修業でなかなか登城しにくいと思いますゆえ、随時、わたしのほうから訪ね、話を聞き、大納言様にお伝えしようかと考えますが、いかがでしょう」

うむ、と家重の顔が動いた。それがよい、と目顔が語るのを皆が認めて、頷き合う。

「では、そのこと、加門と打ち合わせをいたします」

意次の言葉に家重が、下がってよいと再び目顔で頷く。加門と意次が幼馴染みであることを知っている家重が、あえて時を作ってくれたのだ、ということも察せられた。

深々と低頭して、二人は廊下へと出る。

意次の部屋に落ち着くと、膝をつき合わせるようにして、二人は向かい合った。

「で、お逸の方様のごようすはいかがだ」

「ああ、それは心配いらぬ。ひと月が経ったし、この先のこともあるのでな、つい先日、奥医師に診せたのだ。やはりご懐妊に間違いはなく、御子は無事に育っているということだ」

「奥医師……では、皆に知られたのか」

「いや、奥医師には堅く口止めをしてある。いずれお腹が大きくなれば皆に知られようが、それまでは伏せておくほうがよい、と家重様もお考えになられたのでな」

「そうか、なれば安心だな」

西の丸にも本丸ほどの規模ではないが大奥があり、それなりの人々がいる。皆が味方とは限らず、油断はできない。

「うむ、田安家《たやすけ》に通じている者もいるからな」

家重の弟の宗武は田安御門の内側に屋敷をもらったため、通称で田安家とも呼ばれている。三男の宗尹は一橋御門《ひとつばしごもん》の内に屋敷を与えられたため、一橋家と称されている。

宗武は幼い頃から英明と評判であったため、将軍を継ぐのは宗武のほうが相応《ふさわ》しい、という声が上がっていた。家重は発語が不明瞭なため、暗愚《あんぐ》と誤解され、廃嫡《はいちゃく》すべし、と言い出す者らがいたのだ。持ち上げられた宗武は、すっかりその気になり、弟の宗尹もそれに付いていた。

しかし、吉宗は家康の定めた長男相続を踏襲《とうしゅう》し、廃嫡の案を退けた。さらにそれを決定づけたのは、家重に第一子の男児が生まれたことだった。

武家にとって跡取りの男児は重要だ。当主に跡継ぎがいるかどうか、というのがその家の命運を分ける。吉宗が将軍として選ばれたのも、男児二人をすでに得ていたことが強みとなったと言われている。

「そなた、聞いたか」意次が声を落とす。

「宗武様の御側室が御子を産んだのだ」

宗武には近衛家《このえけ》から入った正室の通子《みちこ》がいる。通子は寛保《かんぽう》元年に第一子を産んだが、女児だった。その二年後にも第二子を産んだものの、やはり子は女児で夭折している。

「御側室か……宗武様は男児を望んで祈願までされていたからな。それがやっと叶ったのか」

「いや、それがな、その御子がまた姫であったのだ」

「なんと……三人続けて姫君か」

加門の驚き顔に、うむと意次が頷く。

「さぞ、がっくりしておいでだろう」

「いや」加門は首を振る。

「がっくりではなく、ぎりぎりしておられると思うぞ」

「ははは、そうか、そっちのほうだな」

意次の笑いに、加門は苦笑しつつ腕を組んだ。

「そうか、だからよけいに知られてはならぬと、家重様も思われたのだな。西の丸にまた男児が生まれれば、宗武様の妬《ねた》みがますます強くなろうからな」

「うむ」意次も笑みを収める。

「宗武様はまだ将軍の座をあきらめてはおらぬ、と思うぞ」

「そうだな、一度、大望の火を付けられたのだ、簡単には消えぬだろうな」

「ああ、首座《しゅざ》様も罪なことをしたものだ」

家重廃嫡を言い出したのは、老中首座の松平乗邑《まつだいらのりさと》だ。まれに見る才知と言われ、また自身もそれを誇る乗邑は、同じように才知を発揮する宗武を気に入り、家重を疎《うと》んじた。家重を廃嫡して宗武を将軍にすべし、と公言し、それに追随する人々の動きをも作り出したのだ。

「だが、とりあえずは」加門が上を見る。

「運は家重様にあり、ということだな」

ああ、と意次も頷く。加門はその顔を見て、「そうだ」と懐《ふところ》に手を入れた。

「奥方に合いそうな薬を持ってきたのだ。すまんな、遅くなって」

将翁が作ってくれた薬の包みを、加門は意次に差し出す。

「いや、こちらこそかたじけない」包みを手にした意次の顔が曇る。

「医者からの薬も服ませてはいるんだが、どうにもよくならん。最近では咳き込むことも多くてな」

「咳……それは」加門の眉が寄る。

「こんなことは言いたくないが、あまり近寄りすぎぬよう、気をつけたほうがいい。労咳《ろうがい》であれば伝染《うつ》ることもある……」

ああ、と意次は眼《まなこ》だけで頷く。

「まあ、病も運、病の妻を持つのも運……何事も思いどおりにはいかぬと、年とともに思い知るな」

意次はくるりと半身をひねると、うしろの棚から箱を取った。

「思うようにできるのは小さな事しかないがな、できる事はやらねば損だ。献上の菓子だ、うまいぞ、食おう」

「おう、もらうぞ」

加門は手を伸ばすと、真っ白い饅頭《まんじゅう》にかぶりついた。

「うむ、うまい」

加門が眼を細めると、意次も笑みを浮かべて、饅頭を手に取った。

四

朝、医学所の戸を開けた加門は、慌ててその足を止めた。

出て行こうとする者とぶつかりそうになったからだ。

「おう、加門か」

相手は浦野正吾《うらのしょうご》だった。修業をともにしてきた友だが、加門よりも入門が早かったため、すでに一年前から医者見習いとして仕事をしている。将翁らが診断を下したそのあとのようすを見ていくのが役目だ。足腰の弱った将翁に替わり、遠方でも出向いて行く。

「往診か」

加門が身を躱して、薬箱を手にした正吾を外へと送り出すと、正吾は振り返った。

「今日は朝っぱらから怪我人や病人が来て忙しくなってるぞ。将翁先生は手が足りないから、手伝ったほうがいい」

「そうか、では行ってみる」

加門は中に入って戸を閉める。上がろうとしたそのときに、背後で戸が開いた。

「おい、加門」出て行った正吾が戻って来たのだ。

「患者だ、案内を頼む」

「わかった」

加門は向き直って戸口に戻る。と、その目を見開いた。

立っていたのは次郎一味の河辺鹿之助だった。

鹿之助はかしこまって、

「こちらは阿部将翁先生の医学所で間違いありませんかな」

と加門に問う。面と向き合っているが、鹿之助の面持ちは変わらない。

加門はほっと、胸中で息を吐いた。わたしが薬売りの熊吉とは気づいていないな。目を合わせなかったのがよかったのか……。加門は胸を張って頷くと、身をずらして鹿之助を内へと誘った。

「ええ、そうです。どうぞ、中へ」

加門は先に上がって、廊下を先導していく。

患者を診る部屋の中では、将翁が手を怪我した男を治療している。

加門はその横の部屋に鹿之助を通して、

「こちらでお待ちください」

と、戸を閉めた。

急いで将翁の元に行くと、加門は治療を手伝いながら耳元に顔を寄せた。

「先生、お願いがあります」

探索している相手がやって来るかもしれない、という話はすでにしてあった。将翁はこの医学所でただ一人、加門が御庭番だと知る人物だ。

将翁は手早く怪我の治療を進めていく。それが終わると、怪我人を直弟子に託し、将翁は加門に向き直った。

「なんじゃ、待っていた者が来たのか」

「はい、なので、診断をされたあと、わたしをその男の医者として付けていただきたいのです」

「ふむ、わかった、では呼ぶがいい」

将翁が頷き加門は鹿之助を呼んだ。

鹿之助は浪人であるとして名を名乗ると、細かに己の身体の調子などを説明した。

将翁は脈をとり、顔色や目の色、舌のようすなど、ひととおりを診た。

「ふむ、心の臓が丈夫ではないようじゃな」

「やはりそうですか、じつは蕨宿で薬売りからもそう言われたのです。で、千味丸という薬をその者から買い、塩を少なくしろと言われてそうもしたのです。したところ、ずいぶんと調子がよくなりまして、これはもっとちゃんと病に当たればますますよくなるのではないか、と思いましてな、その薬売りに教えられたこの医学所に参ったわけです」

「ほうほう、なるほど。確かに、病というは、正しく当たれば効の出るもの。よい薬売りに会いましたな」

将翁はにやりと笑って加門を見る。

膝行して進み出た加門を手で示すと、将翁は鹿之助に言った。

「では、この宮地加門をつけましょう、若いがすぐれた医者ゆえ、安心してなんでも相談してくだされ」

「おお、お医者でしたか、先ほどは」鹿之助は加門に頭を下げる。

「では、よろしくお頼み申す」

はい、と加門は立ち上がって、部屋の隅へと鹿之助を誘導した。

「薬を作りますので、いくつかお聞きします」

加門は文机《ふづくえ》に紙を広げて筆を持つ。

「暑がりですか、寒がりですか」

「どちらと言えば暑がりですな」

「では、汗はかきやすいですか」

「うむ、よくかきますな」

「気は短いほうですか、長いほうですか」

「ううむ、長いとは言えぬか……」鹿之助は首を傾げる。

「そのようなことも、薬に関わるのですかな」

「はい、身体の質《たち》を知るために、訊くのです。まず、人それぞれの質に合わせることが大切なので……」

加門はさらにいくつかの問いを重ね、鹿之助の顔を見つめた。

「浮腫《むく》むようなことはないですか」

「ああ、前にはよくありました。ですが、薬売りの熊吉から塩を少なくするように言われましてな、減らしたところ、浮腫はなくなり申した。いや、以前は白い飯になめ味噌を山ほど盛って食っておったのだが、それをやめたのです」

「へえ、やめてよかったですね、塩の摂りすぎはよくありませんから」

「ふむ、そういえば熊吉はここで医術を少々習ったと言っておりましたな、知っておりますか」

「はい」加門は面持ちを変えないように、口に力を込める。

「前に通って来たことがありますので、覚えています。薬売りも脈をとれるようになれば、客によりよい薬を選べるはずだと言っていました」

「ほう、そういう熱心なところがある者でしたな」

鹿之助は眼を細めて頷く。

加門はその面持ちに、素直なお人だな、と胸の奥で独りごちた。筆を動かしながら、なにげなさを装って、尋ねる。

「薬は煎《せん》じなければならないのですが、家にどなたか頼める人はいますか」

「いや、わたしは一人暮らしゆえ、自分でやります」

一人暮らし……やはり一味はばらけたのか……。加門は書き留めながら、鹿之助を見る。

「一軒屋ですか、長屋ですか。薬は煎じると少々、臭いが出るので」

「ほう、そうですか、長屋ですからな、煎じるときには、窓を閉めるように気をつけましょう」

はい、と加門は頷いて口を閉じた。これ以上を問えば怪しまれかねない。

「では、薬を作ってきます。煎じ方も記してお渡ししますので、最初の部屋で、少々お待ちください」

「承知いたした」と、鹿之助は元いた部屋へと移って行く。

加門は自分で作った処方を「いかがでしょう」と将翁に差し出す。

「ふむ、よいぞ」という将翁の言葉に、では、と加門は薬部屋で調合をはじめる。手を動かしながら、さてどうするか、と策を練った。そうだ……。

「お待たせいたしました」

薬の包みを持って行くと、鹿之助に向き合う。

「七日分を出します。薬は合うか合わないか、服んでみないとわかりません。ですから、七日目、朝の薬を服んだあとに、またお越しください。そのときの具合によって、薬を変えることもありますので」

「ほう、そうですか、わかり申した」鹿之助は財布を出しながら頷く。

「七日後となれば、もう十月ですな。わたしはこの先、大事な仕事があるゆえ、壮健にならねばならんのです。よろしくお頼みしますぞ」

「はい」

加門はかしこまって頷いた。


御庭番御用屋敷の門をくぐり、加門は足早に古坂与兵衛の屋敷へと向かった。河辺鹿之助のことを伝えなければならない。が、出て来た中間《ちゅうげん》は首を振った。

「今日はお戻りにならない、と言ってましたがのう」

そうか、おそらく次郎一味の探索のため、どこかの宿場に行ったのだろう……。そう納得しながら、加門は己の屋敷へと足を向ける。

「まあ、加門」

家の前で、ちょうど出て来た母が笑顔になった。

「父上はおられますか」

「いいえ、朝、お出かけになってまだお戻りではありませんよ。なれど、もう半刻（一時間）もすれば戻られるでしょう、近頃は日の暮れが早くなりましたからね。さ、中でお待ちなさいな」

「ああ、いえ、ならば栄次郎の家へ行って来ます。怪我のようすを見たいので」

加門は踵を返して、吉川家へと向かった。

栄次郎は一味の探索からは外されている。怪我の養生のため、ということにはなっているが、一味の木野に顔を知られてしまったせいであることは間違いない。おそらく当人もそれを解して、気落ちしているはずだ。加門はそう気持ちを読んで、そっと庭へとまわった。

思ったとおり、栄次郎は縁側にいた。半分開けた障子の陰から、ぼんやりと庭を眺めている。

「栄次郎」

近づいて行く加門に、栄次郎ははっと目を見開いた。

「おう、加門か」

「ああ、傷の具合を見に来た、どうだ」

加門が縁側に座ると、栄次郎は着物をたくし上げて傷口を晒した。

「うむ、すっかりよいぞ、そなたのおかげだ。もう立派な医者だな」

「なにをいう、まだまだだ」苦笑しながら、加門は傷跡を見る。

「だが、そうだな、もう大丈夫だ。痕《あと》は残るが、痛みはしないだろう」

そうか、と栄次郎はそっと着物を戻すと、その顔をまた庭に向けた。

「加門はえらいな、なんでもできる……それに比べて、わたしはだめな男だ」

ほう、と肩を落とす栄次郎に、加門は眉を寄せる。

「なに、そなたは絵の腕があるではないか」

絵師になれ、とでも言いたいところだが、御庭番の家をすでに継いだ身、道を変えることなどできるはずもない。

言葉を探しあぐねて、同じように庭に顔を向ける。と、「あっ」と思わず声が洩れた。庭に千秋が現れたからだ。

「まあ、加門様もおいででしたか」

千秋が布巾《ふきん》をかけた木の器を手にして、笑顔で近づいて来る。栄次郎もすぐに笑顔に変わり、腰を浮かせた。

「やあ、また来てくれたね」

栄次郎は横にずれて隙間を作ると、そこに座るようにと手で示す。が、千秋はそこに手にしていた器を置くと、かけていた布巾を取った。

「助惣焼《すけそうやき》を作ったので持って来ました」

器の中には四角い菓子が並んでいる。水で溶いた饂飩粉《うどんこ》を薄く焼き、中に甘い餡《あん》を包んだ物だ。

「胡桃《くるみ》をいただいたので、餡にしてみたのです」

「やあ、これはうまそうだ」

栄次郎はさっそく手を伸ばして、口に運ぶ。黙ってみている加門に、千秋は微笑む。

「加門様もどうぞ」

いや、と加門は首を振る。栄次郎のためにわざわざ作った菓子を、横取りするのは気が引ける。

「さ、召し上がってくださいな」

千秋は一つを手に取って、加門の前に差し出した。手を出しかねて加門がちらりと栄次郎を見るのに気が付いて、千秋は口を開いた。

「このお菓子は、気落ちしている栄次郎のために甘い物を持って行ってやれ、と兄上に言われ作ったのです。加門様がお見えだと知っていれば、もっとたくさん作りましたのに」

「なんだ、そうなのか」

栄次郎の顔が歪む。

加門は掲げられた菓子を受け取った。柔らかな皮を噛むと、内側の胡桃餡が甘く広がった。

「ああ、本当だ、うまい」

微笑む加門に千秋も笑みを返し、助惣焼を二つ懐紙《かいし》に包むと、それを加門に押しつけた。

「これもお持ちくださいな」

「あ、それはわたしのだろう」

栄次郎が口を曲げると、千秋はくいと顎を上げた。

「栄次郎様はいつもいらっしゃるではありませんか、また差し上げます。加門様はときどきしかお見えにならないのですから、これでよいのです」

栄次郎の口が尖るが、すぐに肩をすくめた。

「まあ、加門には助けられたし迷惑もかけた。菓子をケチってはいかんな」

「そうです」

千秋のきっぱりとした声に、加門が笑い出す。が、その笑いをすぐにしまった。

「父上がお戻りだ」

友右衛門が通り過ぎるのを見つけて、加門は立ち上がる。歩きながら千秋を振り返り、手にした菓子の包みを掲げた。

「ありがたく頂戴《ちょうだい》する」そして、その目を栄次郎にも向けた。

「すまんな」

栄次郎の口がまた歪むのを目の端で捉えながら、加門は吉川家を出た。

家の前で父に追いつくと、二人でそのまま奥へと上がった。

「なにかあったか」

問う父に加門は「はい」と頷き、

「実は来たのです、河辺鹿之助が……」

その仔細を説明した。

「そうか、では七日後にまた来るのだな」

「はい、その折の策も練ってあります。古坂殿には、父上からお伝え願えますか」

「ああ、わかった。よし、でかしたぞ」

父は息子の肩に手を置くと、前後に揺らした。その手を止めると、父は指に力を入れる。

「わたしは隠居することに決めた」

「隠居、ですか」

「ああ」父は手を離して頷く。

「そなたに家督《かとく》を譲る」

「しかし、なにゆえ、急に」

眉を寄せる息子に、父は苦笑を見せた。

「急ではない、遅すぎたくらいだ。まあ、わたしがまだ隠居したくない、と粘っていたのが悪かった。それに……親というのは、子を見る目がどうしても曇る。そなたはとうに一人前になっていたのに、わたしはいつまでも半人前として見てしまっていたと、最近、思い知ったということよ」

加門も苦笑して首を振る。

「いえ、まだまだいろいろな点で半人前です」

父は苦笑を照れ笑いに変えて、顔をそむけた。

「まあ、これは言い訳になるがな、いつまでたっても親は子が心配でたまらぬ、ということだ」

加門は微笑んで、かしこまった。

「では、気持ちの準備をはじめます」

「ああ」父もかしこまる。

「だが、そなたは医術の修業があるから、お役目の塩梅をどうするか。それは御庭番衆に相談をせねばならぬし、上のお許しも得ねばならぬ。家督相続は来年の年明け以降になろう。それでよいな」

「はい」

頷く息子に、父は腕を組む。

「家督を継げば、そなたもいろいろとすべきことが増える。お城のほうもいろいろとありそうだし、来年は忙しくなるぞ」

「いろいろ、ですか、それはどういう……」

うむ、と父は上目になる。

「まあ、それはまた改めて話そう。今日は神田に戻るのであろう、その前に飯を食っていけ」

父は廊下に目を向けた。台所のほうから、醬油《しょうゆ》の煮えた香ばしい匂いが流れ込んでくる。

「きっと、そなたの好きな魚を煮ているぞ」

父は笑みを浮かべながら、母の動く台所の方角を顎で示した。

五

朝早くから、加門は医学所の前に立った。河辺鹿之助が来るはずの日だ。

竹箒《たけぼうき》を手に、掃除を装いながら、加門は三方の道を見る。東か北か、もしくは西か、鹿之助の来る方向を確かめておかねばならない。

「や、どうした加門、箒なんぞ持って」

やって来た浦野正吾が、不思議そうな顔で前に立つ。

「いや、落ち葉が飛んできたからな、集めていたのだ」

そう言いつつも、目を四方に向ける。と、その目が東で留まった。鹿之助の姿が、辻を曲がって現れたのだ。

「だが、もういいだろう、終わりだ」

加門は踵を返して、正吾の背中を押すと、中へと向かった。

「加門、そなたも患者を受け持ったそうだな」

正吾の言葉に、加門はいや、と曖昧《あいまい》に笑う。

「わかりやすい病だったので、将翁先生に頼んで代脈させてもらったんだ。修業になると思ってな」

「おう、学ぶと診るとでは大違いだものな。わたしも日々、修業になっている。今日は芝《しば》に往診だ」

正吾は晴れやかに、奥に進む。加門は、手前の診察部屋へと分かれた。

そこで待っていると、期待どおり、まもなく鹿之助が通されて入って来た。

「おはようございます」

挨拶を交わしながら、加門は鹿之助と向き合うと、その顔を覗き込んだ。

「いかがですか、調子は。顔色はよいですね」

「うむ、身体も軽くなりましたぞ」

背筋を伸ばして頷く鹿之助に、加門も頷き返す。

「それはよかった、では先の薬をまた出しましょう、もっと気になるところはありますか」

「気になる、とは」

「ああ、煎じ薬は、その人に合わせていろいろと足すことができるのです。冷えを直すとか、イライラを鎮《しず》めるとか、目をよくするとか……」

「ほう、目ですか、それはよいですな」

　鹿之助が身を乗り出す。

「そういえば」加門はさりげなく重ねる。

「先日、この先に仕事があると言われていましたね、仕官が決まったのですか」

「ああ、まあ」鹿之助はうほんと咳払いをする。

「そのようなこと、ですな。まあ、すでに多少の仕事もあるわけでして、細かな帳面を付けたりもするのです。目をよく使うのですが、この数年、どうにも目がしょぼしょぼとするし、近くが見えにくくなりましてな」

「なるほど……しょぼしょぼするのも近くが見えにくくなる、というのも、年を重ねればしかたのないことですが、菊花《きくか》は目によいと言われています。それを足しましょう」

「ほう、それはありがたい」鹿之助は眼を細める。

「わたしの父も、晩年は目が見えにくいと申して、難儀をしましてな、算術と算盤《そろばん》を教えておったのですが、結局、やめてしまいました」

「へえ、算術に算盤ですか、それはすごい。わたしなど不得手《ふえて》なものですから、達者なお方は見上げてしまいます」

加門の言葉に、鹿之助は笑顔になる。

「なに、血筋でしょう。我が家は代々、勘定方を務めておった家でしてな、わたしも幼い頃から算術と算盤は厳しく仕込まれたものです。まあ、とはいえ……」

鹿之助の顔が苦くなる。

「わたしが生まれたときには、すでに御家はなく、父は浪人の身となっておったのですがな」

かける言葉が見つからないまま、加門は神妙に頷く。鹿之助は、加門の真顔に却《かえ》って微笑みを返した。

「父はいつか御家を再興すると言っておったのだが、叶わないままに年を取り、やがてはわたしに再興しろ、と言うようになり申した。で、わたしがその遺志を継いだ、ということでしてな」

「ああ、では、いよいよそれが叶えられるのですね、おめでとうございます」

加門が頭を下げると、鹿之助は笑みを広げて会釈《えしゃく》を返した。

「いや、かような私事にかたじけない。しかし、壮健を目指すのは、そういうわけなのです。こうして宮地先生にお会いできたのは運がいい、と思うております」

「いえ、わたしごとき……ですが、そうとなれば、気力精力も充実させるよう、薬を増やしましょう」

　加門は筆を執って、書き足していく。

「また、七日分、出しますので」

　顔を上げた加門に、鹿之助はしばし黙ったあとに口を開いた。

「いや、もう少し多く出してもらうわけにはいきませんかな。実は、この先、忙しくなるので……そうですな、ひと月分ほどいただけるとありがたいのだが」

「ひと月分ですか……はい、できます。多少、薬代が高くなりますが、かまいませんか」

「ふむ」鹿之助は財布を取り出して頷く。

「かまいません、我が正念場、背に腹は代えられませぬ」

「では、作ってきましょう」

　加門は薬部屋へと移り、調剤をする。量は増えるが、難しい配合ではない。

　それらを包み終わると、大きな包みに納めて鹿之助に持って来た。

　鹿之助はそれを手に掲げると、目に力を込めた。

「うむ、これで頑張りますぞ」

　勢いよく立ち上がり、鹿之助は出て行く。

加門は小走りに奥の小部屋へと駆けた。

袴《はかま》を脱ぎ捨て、帯を解いて着物を裏返す。袷《あわせ》の着物は紺地の表に対し、裏地は海老《えび》茶色《ちゃいろ》だ。それを着流しにすると、加門は裏口から外へと走り出た。

東に向かって、鹿之助が歩いて行く。

加門はそのうしろ姿を、そっと付けた。


両国橋《りょうごくばし》を渡り、鹿之助は右に折れて進んで行く。深川《ふかがわ》の方向だ。

遅れて開けた町ではあるが、すでに武家屋敷や寺院、問屋や蔵、そして町屋などがどこまでも続く。運河も縦横に流れ、荷揚げの仕事も多いため、力仕事をする男らが住む長屋もあちらこちらに軒を連ねている。

鹿之助は馴れた足取りで、町の辻を曲がって行く。

加門は間合いを取りながら、その後ろ姿を追い続けた。

再び曲がった鹿之助がちらりと振り返ったが、加門には気づかずに進んで行く。

やがて、細い路地へと入り込んだ。

長屋暮らし、と言っていた言葉を思い出し、加門は間合いを縮めながら、あとを付いて行く。

目の先に長屋の木戸が見えてきた。長七長屋《ちようしちながや》と書かれている。

加門はそこで慌てて足を止めた。木戸の内側で、男の姿が動いたのが見えたからだ。

姿を現したのは、次郎一味の若手勝田清蔵だ。

加門は脇の家に身を寄せると、うつむいて耳を澄ませた。

「河辺殿、やはり出かけておられたのか」

押さえた勝田清蔵の声が聞こえ、

「やや、すまぬ」

と、鹿之助の声が答える。

「無闇に出歩くな、と申したのは河辺殿ではないか」

いかにも若者らしい不満げな声で、清蔵がつぶやくのが聞こえてくる。

いやいや、などとごまかしながら、鹿之助が長屋の戸を開けるのが音で察せられた。

加門は上目で、その戸を確かめる。入り口から三番目の腰高障子だ。

二人が入ったのを見て、加門はそっと近づいて行った。

長屋の井戸はもっと先にあり、戸口の前に人はいない。加門はゆっくりと足を運びながら、戸の向こう側に耳を澄ませた。

「二分《にぶ》、もらえませぬか」

清蔵の声に、鹿之助は声が荒らぐ。

「二分といえば一両の半分ではないか、そんなには出せぬ」

「したが、古着屋を見てまわったものの、着古しでも、よい物は値が張ることがわかったのです」

「むう、それは確かに……まあ、さすが江戸、わたしも何軒か見たが、よい物も多いが値もそれなりであったな」

「そうでしょう、ですが、一昨日、ちょうど家紋が我が家と一致するよい羽織を見つけたのです。大名の家臣ともなれば、粗末な形《なり》はできますまい。あれを是非《ぜひ》、買いたいのです」

強気な清蔵の声に、ううむ、と鹿之助の唸りが洩れ、それが決意の声に変わった。

「まあ、十七日までさほど日がないゆえ、この辺りで揃えねばならぬは確か。よし、わかった一分出そう」

「いや、そこをなんとか」

「なにを言う、そもそもこの金は我が家再興のための支度金、無駄に使ってよい銭などないのだぞ」

「いや、それは重々……では、一分と四朱、いや八朱……」清蔵の声がとぎれ、急に声音を変えた。

「河辺殿、いよいよ次郎様のお披露目《ひろめ》なのですぞ、我らがみすぼらしい身なりをしておれば侮《あなど》られることは間違いなし。そうなれば、今後に障《さわ》りましょうぞ」

ううむ、と鹿之助の唸りが高まった。

が、加門の耳はそこからそれて、横に向いた。長屋の木戸から、入って来る気配がある。

横目で捉え、慌てて加門はその場を離れた。

入って来た男は、木野左右衛門だ。

こちらを見ているのが察せられる。

加門はわざとぶらぶらと腕を振りながら、長屋の奥へと歩き出した。

「河辺殿、おられるか」

背後で木野の声が立った。戸が開くと音とともに、木野の気配も消える。

加門はほうと息を吐いて、長屋を抜けた。

深川の町を歩きながら、加門は鹿之助らのやりとりを反芻する。

十七日……そうか、十七日といえば徳川家康公の月命日だ。では、お披露目とは……上野寛永寺への参拝か……。

家康は寛永寺の東照宮《とうしょうぐう》に祀《まつ》られ、四月十七日の祥月《しょうつき》命日だけでなく、毎月の月命日にも老中や大名らが参拝する。公儀への忠義を示すため、多くの武士も足を運ぶ。

そうか、次の命日、十月十七日に、一味は上野に姿を現すということか……。加門はそう思い至ると、足を速めた。目の先に大川が見えてくる。唾を呑み込んで、加門は御用屋敷に向けて走り出した。

第三章　威風堂々

一

上野の山のさらに小高い場所に立つ清水堂《きよみずどう》から、加門は下を見渡していた。

山は東の比叡山《ひえいざん》という意味で東叡山《とうえいざん》と呼ばれ、山全体が寛永寺の寺領とされている。ために、周囲は塀や門で仕切られ、明け六つ（六時）に門が開けられ、暮れ六つに閉められるまでのあいだしか、人の出入りはできない。

加門はすぐ左下に見える黒門《くろもん》とその先を、明け六つ後からずっと見つめていた。黒門は最も多くの人が通る表門だ。山には七門があり、裏側の谷中《やなか》や下谷《したや》方面、そして不忍池《しのばずのいけ》方面に続く門などはそれなりの出入りもある。

加門はぐるりと顔を巡らせた。

それぞれの門に、御庭番の仲間が見張りに付いている。

一味の話を伝えると、すぐに古坂与兵衛は皆を集め、十月十七日、上野を皆で見張ることを決めたのだ。が、御庭番以外には知らせていない。寛永寺を参拝するのではないか、というのはあくまでも加門の読みであり、果たしてそれが当たるのかどうかもわからないからだ。

加門は黒門を見下ろす。門に続く広小路からは、人が次々にやって来る。遠方から来たらしい、いかにも物見遊山《ものみゆさん》の人々、祀られている仏様の参詣を日課にしているらしい人々、ただぶらぶらと歩く人々。そのなかに武士の姿も見える。とくに家康公の命日であるゆえだろう、東照宮を参拝してから出仕するらしい武士が、黒門をくぐって参道を登っていく。そのあとには、非番らしい武士の姿も増えはじめた。

まだ一味は現れない。

広小路を見つめる加門は首を伸ばした。

やって来たのは月命日の参拝に訪れた老中の一行だ。広小路で乗り物を下りると、ゆっくりと黒門をくぐり参道を登って行く。吹き下ろす風で、羽織がはたはたと揺れているのが見てとれた。

加門も羽織の前を手で押さえる。形《なり》は変えずに普段の袴姿だが、ずっと風に晒されているせいで、冷えてきていた。加門は立ち上がると、東照宮の参道に向かう老中の一行を見やった。一味が現れるとしても……と加門は考え込む。老中とかち合うことは避けるだろう、来るとしたら、もっとあと……。そう思いつつも、その場を動くことはできない。

冷えた身体を適度に動かしながら、加門は時を過ごした。山の上からは、葉の散り透いた木々を通して、人々のようすがよく見える。老中の一行はすでに去っていた。

改めて広小路に向いた加門は、あっと声を上げた。

次郎とその一味の姿が行き交う人々のあいだから現れたのだ。

先頭を歩く次郎は羽織袴に二本差し、背には革袋の武具入れを負っている。その右脇に、半歩遅れて河辺鹿之助が従い、左側に木野左右衛門と勝田清蔵が従っている。

一味は黒門を目指して進んで来る。

加門はゆっくりと小山から下りはじめた。木々のあいだから、一味が黒門から入ったのが見てとれた。山の途中で止まり、一味が行き過ぎてから、加門は下へと降りた。

参道を悠然と歩く一行に、人々が目を留め、足を止める。背丈六尺の次郎は頭一つ抜けているため、どこからも目を引くのだ。

皆の目を集めているのはわかっているはずだが、怯《ひる》むことなく、腕を振って歩いている。威風堂々としたそのようすに、さらに人目が集まった。

「ずいぶんな大男だな」

ささやく声が聞こえてくる。

参道の脇で止まった若い三人の町人は、わざわざ振り返って一味を見つめた。

「誰だい、ありゃ」

「おい、もしかしたらあれじゃねえか」

「なんだい、あれってのは」

「そら、丹波に現れた上様の御落胤、聞いたことねえか」

「ああ、そういや、噂になったな」

「そうだそうだ、思い出したぞ、六尺の大男で武具を背負っているってえ話だったじゃねえか」

「へっ、そいじゃ、なにかい、あれがそうなのかい」

「まさか……」三人があとを付けはじめる。

「その噂は江戸にまで広まったくれえなんだからよ、誰かが真似して、みんなを驚かせようって魂胆《こんたん》なんじゃねえのか」

「いや、けど、見ろよ、本当に六尺あるぜ」

ささやき合う三人に、横にいた職人姿の男が声をかけた。

「よう、兄さん方、おいらは御落胤が江戸に入ったってえ噂を聞いたぜ」

えっ、と三人が目を剝《む》く。

「そいつは本当かい」

「ああ、ふた月くれえ前だけどよ、小耳に挟んだぜ」

男は得意そうに顎をしゃくる。

「へえ、そいじゃ本物かもしれねえな」

その話に、周りの者が寄って来る。

「おい、その話、こっちにも聞かせてくれよ」

おう、と職人は胸を張って話し出す。

「こりゃおもしれえ、みんなに知らせてやらなきゃ」

走り出す者もいる。

加門も耳をそばだてながら、脇を通り過ぎた。なるほど、噂が広まるのはこういう仕組みか……。

一味は山門の吉祥閣《きっしょうかく》をくぐり、進んで行く。

その先、左側に東照宮がある。

その参道の入り口に次郎が立った。

そこから先は位《くらい》の高い者でなければ入ることはできない。細長い参道の脇には大名らが奉納した数多くの灯籠《とうろう》が並び、そのずっと先に少しだけ、家康を祀った東照宮の屋根が窺える。

次郎はそちらに向かって手を合わせた。

遠巻きに見る人々に紛れて、加門もうしろ姿をのぞき見る。

次郎はじっと瞑目《めいもく》を続ける。

従者の三人は、うしろに控えてやはり手を合わせている。

人々は離れてそれを眺めている。いつの間にか、人が増えていた。他の門を見張っていた御庭番仲間も、駆けつけて来ている。

と、次郎がいきなり膝を折った。地面に平伏《ひれふ》すと、感極まったように手をついて低頭する。

「これ」

男が走り込んだ。山の警護をする山同心《やまどうしん》だ。寛永寺に雇われた寺侍で、山内で法度《はっと》を犯す者や不埒《ふらち》をなす者を取り締まるのが役目だ。

「かようなことは慎め、邪魔になっておろう」

は、と顔を上げた次郎に、山同心は遠巻きの人々を示して眉間《みけん》に皺を刻む。

「おお、これはご無礼を」

次郎はそう言って立ち上がると、山同心に一礼した。

「わたしは西国の田舎侍、江戸に来て東照宮を参拝するのが念願でありましたのでな、つい、我を忘れてしまいました。お邪魔となり申し訳ない」

次郎は辺りを見まわすと、にこやかに頭を下げた。

うむ、と山同心は渋面《じゅうめん》を弛めると、半歩下がった。

「そういうことであれば、まあ……ゆるりと参拝されよ」

去って行く山同心のあとを、一味もゆっくりと進みはじめる。

参道の先には担《にな》い堂と呼ばれる堂宇《どうう》がある。左右二つの堂を長い渡り廊下で繋いだ建物で、皆はその渡り廊下の下をくぐって奥へと向かう。

先には大屋根をいただいた根本中堂《こんぽんちゅうどう》が、威容を見せている。

次郎一味がその中に入って行くと、物見高い江戸っ子達がぞろぞろとついて歩く。

加門もその人波に紛れて、移動した。

堂の参拝を終えて、一味は外へと出た。

あとに付いて出た加門は、辺りのようすに目を見開いた。人が増えている。

噂を聞いてやって来たらしい人々が、出て来た一味を首を伸ばして見る。そのなかには、町奉行所の同心の姿があった。隣にいるのは上役の与力だろう、次郎の一味を凝視している。

武士の姿も増えていた。浪人やどこかの藩士らしい者も多い。が、いかにも幕臣と思《おぼ》しき姿もある。瞬く間に広まった噂を聞いて、御落胤騒ぎの当人がどのような人物であるのか、確かめに来たに違いない。もっとも、藩士らしき武士達は、好奇心を隠すこともせず、笑顔さえ浮かべてささやきを交わしている。

次郎はそうした人々の目を気にする素振りもなく、歩き出す。根本中堂の奥には、輪王寺宮の住む屋敷や徳川家の御廟所《ごびょうしょ》がある。

根本中堂をまわり込んだ所で、町奉行所の二人が進み出た。与力が顎でしゃくると、同心が頷いて次郎の脇へと走り、行く手を遮《さえぎ》る。

「待たれよ」

厳《いか》めしい同心の面持ちに、次郎は笑みを浮かべて首を傾げ、「はい」と返した。

「なんでしょうか」

従う三人も同心に向かうが、神妙な面持ちで姿勢を正す。

同心は十手《じって》を掲げ、朱房《しゅぶさ》を揺らしてずいと足を出した。

「そこもと、さきほど西国の出と言うたそうだな。名を問いたい」

「はい」次郎は同心に正面から向き合い胸を張る。

「丹波次郎と申す」

微笑んで答えた次郎は、同心の姿を見下ろしてさらに笑みを広げた。

「黒羽織に着流し姿とは、町奉行所の同心であられますかな」

「うむ、そうよ」

次郎を見上げ、同心は十手を下ろす。

「おお、やはり」次郎は感心したように、

「西国でも江戸の話は聞いておりましたのでな、すぐにわかり申した。黒羽織に朱房の十手は江戸の花形、とのこと、いや、噂には真《まこと》があるものですな」

う、うほん、と同心は咳を払う。弛《ゆる》みそうな顔を必死で引き締めているのが傍目《はため》でもわかる。

「いや、我らは江戸の町を守るのが務めゆえ、騒ぎは未然に防がねばならぬのだ」

同心は集まった人々を目で示す。

次郎は大きく頷いた。

「ええ、わかっております。わたしはこのような背丈であるため、どこに行っても、人目を集めてしまうのです。いやはや、背丈は親譲りであるゆえ、己ではどうにもできず、難儀することも多くて」

ははは、と笑う。

周りの人垣からも笑いが洩れる。

「小さいでかいはどうしようもできねえもんな」

「ちげえねえ、おいらの小せえのも親譲りだ」

広がる笑いに、同心は十手を納めてうしろに下がった。

「いや、呼び止めてすまなかった」

小さく下げる頭に、次郎は鷹揚《おうよう》に笑みを返す。

「いや、江戸の花形と話ができたのはなにより、お役目御苦労です」

ゆったりと踵を返して、歩き出す。三人も同心に会釈して、それに続いた。

人垣はばらけて、帰る者、さらに付いて行く者と分かれていった。なにかが起きそうだと期待していた町人は、そこで満足したらしく散って行く。付いて行く者にはかえって武士の姿が目立った。紛れるにはちょうどいいと、加門はまた顔を伏せて歩き出す。

次郎の一行は坂を上って、東側へと進んで行く。加門がずっと身を潜めていた清水堂のある方向だ。その台地の端には茶屋がある。

その茶屋を見つけると、一行は外の長床几《ながしょうぎ》に座って、茶と団子《だんご》を頼んだ。四人はすっかり寛《くつろ》いだようすで、団子を頬張《ほおば》っている。

加門は唾を呑み込んだ。考えてきた策がある。

人垣をそっと離れると、加門は清水堂の側から歩き出した。茶屋に向かって足を進め、長床几の手前で声を上げた。

「やっ、これは河辺鹿之助殿ではありませんか」

そう言いながら、笑顔で寄って行く。

「やや、これは宮地先生」鹿之助は腰を上げる。

「これは奇遇ですな」

「ええ、上野見物ですか」

加門は笑顔で、横の三人に会釈をする。

鹿之助は一瞬、ためらったものの、すぐに次郎に向き直ると加門を手で示した。

「こちらは宮地加門先生です。江戸では評判の医学所のお医者でして若いのに名医、わたしは滋養強壮の薬を出してもらったのです」

病は隠したい、という鹿之助の意を汲んで加門は頷いた。

「はい、河辺殿はもとよりお元気ですが、さらにとのことですので」

「ほう」次郎が目を瞠《みは》る。

「そのような薬があるのですか。確かに、河辺殿は年長で大事な役目を持つ身、いい薬があるのであれば、どんどん服んで元気でいてほしいものです。よろしくお頼みしますぞ、名医殿」

「いや、名医などでは」と苦笑しながら、加門はうしろに下がった。

「邪魔をいたしました、わたしはこれで」

頭を下げる加門に鹿之助も返し、また長床几に腰を下ろす。

加門はそれを小さく振り返りながら、拳を握った。とりあえず次郎に顔をつなげておく、という策は成功だ……。息を吐く加門に、遠巻きに見ていた御庭番連中も目顔で頷く。

が、加門は大きく振り返った。

人垣の中から、一人の武士が進み出て、一味のほうへ向かって行く。

男は向かいの床几に座ると、なにやら話しかけている。離れた場所から窺うと、一人と四人は和やかに談笑をはじめていた。

加門はその男の顔を目に焼き付けて、山を下りた。

二

医学所から戻って来た加門は、裏口の鍵を開けようとして手を止めた。開いている。

また父上か、いや、意次か……まさか曲者ではあるまいな……。そっと戸を開けた加門は、ほっとして声を上げた。

「意次、来てたのか」

慌てて上がると、書物を手にした意次が「おう」と顔を上げた。

「戻ったか、勝手に書物を読んでいたぞ」

ああ、と加門は火鉢を覗き込んで、埋めてある種火に火箸を入れた。

「寒かっただろう、火をおこそう」

「いや、大丈夫だ」意次はそれを止めると、身を乗り出した。

「湯屋に行こうじゃないか」

その意図を汲んで、加門は頷く。

「ああ、わたしも昨日、行った。噂がどのくらい広まっているのかと思ってな。今日もあとで行こうと思っていたところだ」

「ああ、そうだろうと思って来たのだ。このあいだの上野、そなたは当然いたのだろう。医者と話をしていたというのが伝わってきたから、加門のことだと思ったぞ」

「ああ、そんなことまで知れているのか」

「うむ」意次は胡座をかいた脚を揺らす。

「お城にもすぐに御落胤現るという話が伝わってな、本丸からは目付《めつけ》の配下が走らされたそうだ。御徒組《おかちぐみ》からも人が出たらしい」

「ああ、いかにも幕臣らしい武士らがいたな」

「それにな」意次は口に手を当てた。

「田安家や一橋家からも、家臣を見に行かせたらしいぞ。意誠《おきのぶ》が言っていた」

意次の弟意誠は小姓として、一橋家に出仕している。

「そうか、それは気づかなかったな」加門は眉を寄せた。

「なにしろ、一刻たたないうちに武士が集まって来て、浪人やらどこぞの藩士やら幕臣やら、いちいち見分けている暇はなかった。町奉行所からも役人が来ていたしな」

「ああ、問いかけまでしたそうだな」

「なんだ、なんでも知っているではないか」

加門の苦笑に意次も笑う。

「まあ、事が事だけにな。しかし、次郎当人を見た者は、皆、もしや本物か、と思うたそうではないか。背丈や風貌《ふうぼう》だけでなく、堂々として怯まず、弁も立っていたというな」

「うむ、そうなのだ。頭のまわりが早くて、切り返しも巧み、相手の気持ちをつかむ術《すべ》も心得ている。あれなら御落胤と名乗って対すれば、信じる者もいるだろう」

　ふうむ、意次が腕を組む。

「もしも本当に御落胤で、大名に取り立てられるようなことにでもなれば、付く者が出るかもしれないな」

「ああ、あの人となりと弁舌を考えれば、それなりの力は持ちそうだな」言いながら加門は、そうか、と手を打った。

「それを当人もわかっているからこそ、堂々としているのだろう。己を生かさぬ手はないと考えても不思議はないな」

「ふむ、自信があるのだろうな。だが、出自はどうなのだ、本物なのか」

「それはわからん、だが……」

　加門は父の友右衛門が語ったことを告げる。

「なるほど」意次も真顔になる。

「西の丸の大奥を見ていてつくづく思ったが、女人の張り合いはなかなかに厳しいからな。紀州のお城でも、うしろ盾《だて》のない女人がお手付きになると、先からいた側室からいびられて、さっさと追い出された、という話を聞いたことがある」

「そうなのか。では、お手付きとなって懐妊したものの、それが知れる前に出されても不思議はないのだな」

「ああ、正室や他の側室に知られる前に城を出て、そっと御落胤を産むというのは昔からよくある話だ」

「ううむ、厄介《やっかい》な話だな」

「ああ、事は簡単ではない」

二人は眉を寄せて、見つめ合う。

「まあ、今はとりあえず湯屋に行くことにしよう」

立ち上がった意次に、加門は手拭いを取って、手渡した。


神田の町には湯屋が多い。

行き馴れた湯屋に入ると、二人は湯船に身を沈めながら、湯気で曇った辺りを見る。

職人が多く、声が大きいが、それだけによけいに話し声は響いてよく聞き取れない。

しばし温まってから、二人は二階へと上がった。広い休み所では、それぞれに茶を飲んだり菓子を食べたり、寝転んだりして寛いでいる。

二人も茶を飲みながら耳を澄ませていると、「上野」という言葉が飛び込んで来た。斜めうしろで車座になっている職人衆の声だ。

「へえ、そいじゃおめえ、見たのかい、その丹波次郎とかいう御落胤を」

「ああ、見た見た。知らせに来たやつがいてよ、ちょうど湯島《ゆしま》で仕事をしていたから、飛んで行ったのよ。親方もそういうの好きだから、一緒になってよ」

「へえ、どうだったい、噂じゃ公方様と同じくれえ背がでかいってえ話だけどよ」

「ああ、ありゃほんとに六尺あるわ」

「じゃあ、本物ってことかい」

「んなこと、わかるわけねえだろう」

「おうよ、誰にわかるよ。だいたい男なんぞ、子供がてめえの種かどうか、確かめようがないんだぜ」

「ああ、たまにいるよな、このがきゃあ、ぜってえこいつの子じゃねえな、と思うような親子がよ」

「ああ、おれぁ知ってるぜ、そういう間抜けな男。騙《だま》されてるのはみんなわかるってえのに、そいつだけは女に惚《ほ》れきっちまってるからよ、気がつきゃしねえのよ」

ああいるな、そういうの、と抑えた笑いが洩れる。

加門と意次の目がちらりと交じった。が、そんなやりとりは聞こえていない振りで、加門は湯女《ゆな》に茶のおかわりを頼む。意次は饅頭も注文した。

「しっかしよお」職人の声から笑いが消えた。

「御落胤ってたって、天一坊の一件があったじゃねえか、あっさり獄門だったろうに」

「ああ、首ちょんぱだ、こえぇよな」

男が手刀で首を斬る仕草が、加門の目の端に映った。

隣の男は肩をすくめて首を撫でている。

「その丹波次郎ってのは、恐ろしくねえのかな」

「ああ、獄門だもんなぁ」

「いや、だから、自信があるってことじゃねえのかい」

その言葉に、しんと静かになる。

加門と意次も目を合わせた。

「まっ、いいや、そんなことよりよ……」

男達の声音が変わり、話は別の方向へと流れ出す。

意次は饅頭を咀嚼《そしゃく》すると「行くか」と腰を上げた。

「ああ、飯でも食いに行こう」

加門も茶を飲み干して立ち上がった。


朝、医学所に出向いた加門は、戸口の手前でぎょっとして足を止めた。

河辺鹿之助がそこに立っていたのだ。

「おはようございます」

「や、これは……まだ、薬はあるはずですが」

驚きを見せる加門に、鹿之助はつかつかと寄って来る。

「ええ、薬はあります、実は別の用事で……」鹿之助は小声になった。

「先日、上野の山で会いましたでしょう、あのお方、丹波次郎というお名で、我が殿となられる御仁なのです」

「ああ、そうでしたか」

知らぬ振りをする加門に、鹿之助は指で東を指す。

「で、その殿が宮地先生と話をしたいと仰せでしてな、こうして参った次第です。いきなり今日は無理でも、明日でも明後日でも、いかがでしょうかな」

意外な言葉に、加門は驚きを呑み込んで、拳を握った。

「いや、なれば今日、参りましょう。明日明後日は用もありますので」

「おお、そうですか」

「はい、行きましょう」

歩き出す加門に、「医学所は」と鹿之助は気遣う。

「いや、今日はもともといなくともよいのです」

ほう、と鹿之助は面持ちを弛めて、先に立つ。

「両国橋を渡って、さらに歩くのですが」

はい、と加門は頷いて横に並ぶ。

錦糸堀《きんしぼり》か、と胸の奥で独りごちた。上野の参拝のあと、御庭番はそっと一味それぞれのあとを付け、住処《すみか》を探り当てていた。次郎は錦糸堀の小さな一軒屋に住んでいることが、突き止められていたのだ。

両国橋を渡ると、鹿之助は右側に向かって手を上げた。

「わしは向こうの深川に住んでおるのです。油堀川《あぶらぼりがわ》という川の近くで長七長屋という所でしてな、はじめはなんと狭い家かと思いましたが、いや、馴れるものです」

「へえ、深川でしたか」

まさか知っているとは言えずに、加門は笑みで頷く。

鹿之助は左へと足を向けた。

だんだんと家が少なくなってゆき、野原や小さな畑なども目につく。

その一画に小さな家が並んでいるのが見えてきた。

「あの家です、いや、江戸はまったくわかりませんでな、とりあえずということで借りた家です」

「江戸は初めてなのですか。それにしてはお国訛《くになま》りがありませんね」

加門の問いに、

「ああ、それは」と鹿之助が苦笑する。

「江戸では田舎侍というて、なにかと侮られると聞いておりましたのでな、京におったときに江戸から来たお人に習ったんです」

「なるほど、そうでしたか」

話が終わると同時に、鹿之助は戸を叩いた。

「河辺が宮地先生をお連れしましたぞ」

声が聞こえていたらしく、内側からすぐに戸が開いた。木野左右衛門だ。

「おお、木野殿、来ておったか」

鹿之助の言葉に会釈を返して、木野は手を上げた。

「どうぞ、奥へ」

「はい、では」

加門は木野の刺すような目を受けつつも、雪駄《せった》を脱いで上がる。

奥といっても、上がればひと間しかない。が、一応は畳敷きで広い。その中央に次郎が座っていた。

「これは、わざわざかたじけない」

かしこまる次郎に加門も「いえ」と低頭した。

次郎は上野で見せたのと同じ朗らかな笑顔で、加門を見た。

「宮地加門先生は、名高い医学所の名医と聞いております」

「いえ、とんでもないことです。名医にはほど遠い若輩《じゃくはい》の身です」

「いやいや、そのご謙遜《けんそん》でお人柄がわかります。で、そこを見込んで、お願いがあるのですが」

たたみかけるような流れに、思わず「なんでしょう」と答え、加門ははっと気が付いた。相手の思惑にすでに呑み込まれている。

うまいな、と思いつつ、加門は笑みを作った。相手の動きを知ることができるなによりの機だ。

「うむ、実は屋敷を探しておるのです」

次郎は狭い室内を見まわして、苦笑を深めた。

脇から鹿之助が膝行して来る。

「殿と我ら臣下の者は別に暮らしておったのだが、なにかと不便ゆえ、ここは一つ屋敷を借りて集まろうという運びになったのです。で、宮地先生なれば、お顔が広いことでありましょうし、そういう伝手《つて》をお持ちではないか、と」

うむ、と次郎も頷く。

「江戸では御家人が屋敷の一画を医者や学者に貸している、という話を聞き及びましてな、よい話だと思うたのです。この河辺鹿之助は算術を教えておりました者で、いわば学者のようなもの。借りるにも障りはないかと思いましてな」

「ああ、そうでしたか」加門は鹿之助を見た。

「そういうことであれば、貸してくれる家もあろうかと思います。今、いくつか心当たりが浮かびました」

それははったりだ。しかし、この機を逃してはならない、と加門は唾を呑み込んだ。

屋敷を手配し、そこで暮らしてもらえば、その後の動向を窺うことができる。より親しくなれば、多くの話も聞けるだろう。

「さっそく、聞いてみましょう。広さや場所に要望はおありですか」

ううむ、と鹿之助は首を傾げる。

「なにしろ江戸の仔細がわからぬのでな、注文の付けようもない。殿、いかがですかな」

「うむ」次郎もこっくりと首を振る。

「まさにそのとおり。お任せするゆえ、借りられそうな屋敷があったら、仔細を教えてくだされ」

「できれば」ずっと黙っていた木野左右衛門が口を開いた。

「庭の広い屋敷がようございますな。表と裏のそれぞれに門があるような」

木野の言葉に加門は頷いた。

「わかりました、それを踏まえて当たってみましょう」

「ほお、よかった」鹿之助は目元を弛める。

「これでひと安心です。よろしゅうございましたな、殿」

顔を向けられた次郎が、笑みを見せた。

「うむ、お頼みした甲斐《かい》があったというもの、宮地先生、かたじけのうござる」

いいえ、と加門も笑みを返した。

三

御庭番御用屋敷。

古坂与兵衛の屋敷に、加門は父の友右衛門とともに赴いた。

加門の力のこもった眼を見て、すぐに与兵衛は村垣家の吉翁を呼んだ。

与兵衛と吉翁が並び、加門と友右衛門がそれに向かい合う。

「して、なにがあった」

与兵衛の問いに、加門は「はい」と身を前に乗り出す。

「実は……」

次郎の家での対面を話すと、与兵衛の拳がぐっと握られた。

「ようやった、加門」

「うむ、それはよい運びだ」吉翁も頷く。

「こちらで屋敷を介すれば、動きを摑むことができる。ようもそこまで、信用させたな、加門」

「いえ」と照れを見せる加門の横で、父は面持ちを引き締めた。

「なに、倅の手柄ではありません。相手は江戸に知己《ちき》がないため、頼られただけのこと。むしろ戸田の渡しで加門が秋元を斬ったりせねば、一味が散ることもなかったでしょう」

「それはしかたなかろう」

肩をすくめる加門を気遣うように、与兵衛が首を振る。

「うむ」吉翁も倣う。

「そもそもは相手に疑われたのが失態。加門が相手を倒さねば、栄次郎が斬られていたであろうよ。江戸を前に気が昂《たか》ぶっておろうからな」

「そうよ、加門はようやっておる」

与兵衛は加門に目顔で頷く。が、すぐにその眉を寄せた。

「しかし、これまで散じていたのが屋敷に集まるとは、いよいよなにかをしようとしているのか……油断はできませんな」

「ふうむ」吉翁が腕を組んだ。

「まあ、秋元が斬られたことで警戒を強めたが、その件は結局、表沙汰《おもてざた》にもならずに収まった。板橋宿で散じて隠れたのは、ようすをさぐるためであったのだろう。で、なにも起きぬと判断したゆえ、上野の参拝に及んだのであろうよ」

「はい」友右衛門が身を乗り出す。

「上野では用心深く、徳川のとの字も出しませんでした。そのためか、同心に名を問われた程度ですみ、あとは放免。それで安心し、動き出したのでしょう」

「ええ」加門も控え目に口を開く。

「一家を成そうと考えているようですから、そこに至るまでの道筋は考えているはず。木野左右衛門は用心深いですが、次郎と鹿之助は、もう大きな船を漕《こ》ぎ出したような心持ちなのだと思います」

「ふむ」与兵衛は顎を撫でる。

「ともかくも、早急に屋敷を探そう。それはわたしがいたすゆえ、加門はこちらにこまめに顔を出せ」

「はい、承知いたしました」

皆が頷き合って、立ち上がる。

古坂家を出ると、宮地親子は吉翁に礼をして踵を返した。が、

「ああ、待て、加門」

と、呼び止められた。

「はい、なんでしょう」

振り向いた加門に、吉翁は口をもごもごと曲げる。

「その、そなたは……ううむ……」

「はい」

首を傾げる加門の横から、父が進み出た。

「吉翁、実はわたし、そろそろ隠居しようかと考えております」

「おっ、そうなのか」

「はい、今は次郎の件で慌ただしいゆえ、落ち着いたら、皆様に相談しようと思っております」

「ふうむ、そうか……それまた……」

眉間の皺を深める吉翁の顔を覗き込んで、加門がさらに首をひねる。

「なにか……」

「ああ、いや」吉翁は手を振った。

「よい。なればこの話はまた次にいたそう。加門は役目を全うせねばな、今はそれが大事だ」

今度は吉翁がくるりと踵を返し、歩き出した。

背を見送る加門に、

「帰るぞ」と友右衛門が振り返る。

「飯を食っていけ」

すたすたと宮地家に向けて歩き出していた。

二人の足音を聞きつけて、母が戸を開ける。

「まあまあ、加門、ささ、ゆっくりとしておいきなさい」

母はいそいそと襷《たすき》を掛けると、台所へと向かって行く。

「大根があったわね、それと油揚げ……」

弾んだ独り言を聞きながら、加門は父と奥へと向かう。

「隠居の決意は固いのですね」

加門が胡座をかきながら問うと、

「うむ、もう決めた」

父もどんと腰を据えた。

「しかし、父上はまだお元気であられるし、お役目も生き甲斐なのではないですか」

「いや、近頃は腰が痛むこともある」父は苦笑する。

「それに、大事なのは我が家の事ではない。お城の事だ」

「お城の事、それはどういう……」

「ふむ、いろいろと考えた末、と言ったであろう。その一つよ」

父は意を決したように、姿勢を正して、息子を見据えると、言葉を続けた。

「公方様が代替わりされれば、そなたは家重様に仕えることになる。そなたはすでに家重様に信を得ているであろう、わたしはお呼びではない」

「待ってください」加門は膝を揺らして進んだ。

「代替わりといっても、上様はまだご壮健、代替わりなどずっと先のことでしょう」

「ふむ、確かに将軍は、お亡くなりあそばされたのち、嫡子が継ぐのが倣い。しかし、隠居されて子に将軍の座を渡すということもある」

ああ、と加門は天井を見上げた。

「確かに、家康公は秀忠《ひでただ》公に将軍を譲られ、御自身は大御所となられたのですね。そして、秀忠様も長男の家光《いえみつ》公に座を譲られて大御所となられた。ですが、それ以降は、そのような譲位はされていないのではないですか」

「そうだ、あとの公方様は皆、御先代が亡くなられてから将軍を継いでおられる。だが、譲位なさったおふた方のことを考えてみよ。家康公は秀忠公が心配であったから、大御所となって政務を指導されたのだ。その頃はまだ、世は落ち着いておらなかったし、それに秀忠公は……」父は声をひときわ小さくした。

「泥人形などと呼ばれたこともあったゆえ、家康公はご心労が深かったのであろう」

秀忠は戦《いくさ》の失態などもあり、周囲の評価が低かった。加門はそんな話を思い出しながら、眉を寄せる。

「なるほど、そして、秀忠公の世子《せいし》であった家光公には、廃嫡を言い出す人々がいたのですよね」

「ああ、それが実の母上であったのはつらい話だが、それを支持する人々も少なくはなかったのだ。それに、長男の代わりに担ぎ上げられたのは、次男の忠長《ただなが》様だ。忠長様は兄を廃して将軍になろう、という気が満々であったらしい」

「今と同じ、ということですね」

「そうだ。そのことで城内が揉めた話は知っておろう。結局、家康公が跡継ぎは長子、とお決めになったのだがな」

ええ、と加門は目を伏せた。

「それで忠長様は納得されたのでしょうか」

「いや、そうはいくまい。一度は次期将軍と持ち上げられたのだ。そう容易《たやす》く気持ちを切り替えることはできまいよ」

「そうですよね」

加門は昔に聞いた話を思い出す。忠長は後年、乱心とも言える粗暴な行為を繰り返し、家光に切腹を命じられ果てたのだ。

「まあ、そのようないきさつがあったゆえ、秀忠公はまだお元気なうちに、将軍の座を家光公に譲られたのだろう。亡くなられたあとでは、どのようなことが起きるか、わからぬからな」

父は息を吐き、加門を見た。

「わかりました」加門は頷く。

「事の成り行きは今とよく似ている、ゆえに上様も秀忠公と同様の御判断をされるのでないか、と父上は踏んでいるのですね」

「そういうことだ。お城のようすもな、どことはなしにそういう気配を感じることがあるのだ」

友右衛門は顔を城の方角に向ける。

加門も同じように、本丸のある辺りを見上げた。

その頃。

村垣家では吉翁がゆっくりと廊下を進んでいた。

そのまま突き当たりまで行って、また戻って来ると、ある障子の前で足を止めた。

「千秋はおるか」

はい、と声が返って、障子が開く。

「まあ、爺様、ささ、どうぞ」

孫娘に促されて、小さな部屋へと入る。

「お茶をお持ちしましょうか」

「いや、いい、ここに座れ」

指で差された向かいに千秋は座る。

「改まってどうなさったのですか、お珍しい」

小首を傾げる千秋を、吉翁は上目で見た。

「そなた、吉川家の栄次郎をどう思う」

「栄次郎様……そうですね、絵がお上手で……お上手ですよね」

「ほかにはない、ということか」

「ええ、と……なれど、兄上よりは、お役目に熱心かと思います」

「ほかには」

祖父の生真面目な顔に、千秋は小さく眉を寄せた。

「もしや、栄次郎様はお叱りを受けるのですか。確かに、変化《へんげ》などはお上手ではありませんけど、それは向き不向き。一所懸命にやってらしていると思いますけれど」

「ほう、そう思うか」

「はい」

「栄次郎が叱りを受けるのは不憫《ふびん》と思うてか」

「ええ、少し。栄次郎様はすでにずいぶんと気落ちしていらっしゃいますから」

ふうむ、と吉翁は顎を撫でる。

「そなたも栄次郎には情があるのだな」

「は……」千秋は戸惑いつつも、頷く。

「それは、小さな頃から親しくしてきましたから、兄と同じで心配になります」

ふむ、と吉翁は顔を伏せる。やがてゆっくりと上げられた顔は、生真面目を通り越して渋面《じゆうめん》に近かった。

「そなた、栄次郎の妻になれ、と言われたらどうする」

えっ、と千秋が目を見開いた。口が小さく動くが、言葉にならない。そのままぐっと、唾を呑み込む音が鳴った。

四

「おはようございます」

医学所の戸を開けると、そこにちょうど将翁の弟子の海応が立っていた。

「おう、加門か、近頃は忙しそうじゃのう」

海応は加門が御庭番であることは知らない。が、医者のほかにも仕事があるということは、将翁から知らされている。

「あ、はい」加門は頭を下げる。

「なにかと勝手ばかりをしていて、すみません」

「いや、別にかまわんのじゃがな、たまにはわしの講義にも出ちょくれ」

歩き出す海応のあとに、加門も続いた。

「はい、今日は出させていただきます」

「おっ、無理強《じ》いしたわけじゃないぞ」

「いえ、そういうわけでは」

加門は真顔になる。海応にいろいろと助けてもらったことを思い出せば、義理よりも感じるのは恩だ。

一礼して海応と離れ、加門はうしろの席に着いた。新しい弟子らが、すでに前のほうに詰まっている。

「では、昨日の続きだ……」

海応は話しはじめる。

「冬は陰の気が強まっていく、そうなるともともと陰に傾いている者は、具合が悪くなるんじゃ、冷えが強くなり、気血《きけつ》の巡りも悪くなる。そういう者は冷やさぬよう、努《つと》めねばならん。放っておくと、ますます陰に傾き、心持ちまで落ちていくんじゃ。そうなると、動くのも億劫《おっくう》になり、それがさらに気血の巡りを悪くし、どんどんと悪いほうに落ちていく。冬には気鬱《きうつ》になる者が増えるが、それはそういう悪い巡りにはまり込んで起きる……」

内容は以前、将翁の講義で聞いたことがあると気づき、加門は声を聞き流して宙を見た。

次郎一味の屋敷を探すことになって数日が経つ。探しているのは古坂与兵衛だが、そうそううまく見つかるのだろうか、と加門は頭の中で考え込む。いや、屋敷は小さなことだ、それよりもあの一味はこれからなにをしようとしているのか……。

思いに耽《ふけ》る加門の耳に、海応の声が引っかかった。

「最近、御落胤だのなんだのという噂があろう」

海応はやや声を落としながらも、笑いを含んだような面持ちで話す。

「わしは昔、大言壮語《たいげんそうご》をする男に会うたことがあるんじゃ。それは己のことを大大名の御落胤だと言うてな、一介の浪人にもかかわらず威張《いば》り散らしておった。身体は壮健で、声が大きく、目も強い。目は赤く充血していたほどだ。それがどういうことかわかるか」

「はい」弟子の一人が顔を上げる。

「陽の気が強いことを示しています」

「そうじゃ。陰の気が足りず……いや、ほとんど陰のない陰虚《いんきょ》じゃったたな。それゆえによけいに強い陽の気を抑えられず、傾いてしまう。陽も極まって太陽《たいよう》になってしまった。そういう者は、気持ちや考えも大きく度が過ぎてしまうんじゃ。ときどきおるじゃろう、妙に自惚《うぬぼ》れの強い者が」

皆のなかから笑いが洩れる。

「おまえがそうだ」

「なにをそなたこそ」

言い合う声も聞こえる。

海応にも笑いが浮かんだ。

「なあに、医者になろうなどと考える者は、だいたい自惚れが強いもんじゃ。己を高く見ておるから、医者になろうなどと思うのよ。己を低く見る者は、医者になろうなどとは考えはせん。だから、ここにおる者は皆、常に自惚れすぎんように、自戒をせねばならなんぞ」

皆の笑いが消えた。

海応は逆に苦笑を見せた。

「いや、話がそれたわい。まあ、そなた達くらいの自惚れはさほどの害はない。自惚れは事を成すさいの力にもなるからのう。だが、大言壮語するほどになれば、病に近くなる。諭《さと》しても通じないし、誰の言葉も聞かぬでな」

「それは」弟子が手を上げた。

「治せないのですか」

「いや、陰の気を増やせば少しはよくなる。薬に鍼灸《しんきゅう》、それに食で偏《かたよ》りを減らせば、少しは落ち着く。だがのう、持って生まれた質はなかなかに手強い。わしはな、その太陽の男にもいろいろと手を尽くした。頭痛と胸痛があるというのでな。じゃが、薬は服《の》んだがほかのことはいっさい聞こうとはせんじゃった。陽の強すぎる者は人の苦言を聞かぬのだ。気持ちを落ち着かせろ、ゆったりと動け、辛い物を食べるなと言うても、くだらぬことを指図するな、と怒り出す始末でのう」

「いるな、そういうやつ」

　誰かがつぶやく。

「ああ、身近にいる」

　そう言った弟子が手を上げた。

「わたしの伯父は周りがなにかを言えば、ますます顔を赤くします。どうすればよいのでしょうか」

　ふむ、と海応が口を曲げる。

「そういう相手と話をするときには、落ち着いて対することが肝要じゃ。刺激するとよけいに悪化するでな、こちらは決して気を昂ぶらせてはならん」

「面倒だな」

　誰かがつぶやいたのを聞いて、海応が「うむ」と苦笑する。

「まあ、そういう者はうるさく言う医者を嫌うから、勝手に離れて行くことが多いもんじゃ。その大言壮語の男も、わしを嫌って治療はすぐにやめてしもうた。そのあとしばらくして、喧嘩で殺されたと聞いたがな」

皆がざわめく。

「いかにもだな」

「ああ、血の気が多いのは禍《わざわい》のもと、ということだ」

加門は「先生」と手を上げた。

「大言壮語をするものの、人に対しては穏やかという場合、どのように解すればよいのでしょうか」

「ふむ、そうさな。それが人の難しさでな、陰に偏った者にも大言壮語する者はおる。己に自信がないがゆえに、大きなことを言いたがるのだ。そういう者は、実は気が小さいゆえに表向きは穏やかで、人当たりがよかったりもするのう。怒っても顔を赤くしたりはせん。代わりに、陰《かげ》でじわじわと復讐《はんすう》の策を練ったりするもんじゃ」

策を練る、という言葉を加門は腹の底で反芻する。

「まあ、それと」海応は声をつなげた。

「そういう者は最初、小さな嘘を吐いただけなのに、引っ込みがつかなくなって話が大きくなってしまう、ということもある。気の小さい者ほどそうなりやすいのう」

「ああ、ありがちだな」

「いるぞ、そういうやつ」

皆のなかから苦笑がもれる。

「さらに」海応は考え込む加門を見て、言葉を続けた。

「大言壮語をする場合、己でそれを信じ込んでいる、という者もあるな。こうなると、人がなにを言っても無駄じゃ」

小さく頷く加門に、海応は上目《うわめ》になった。

「そうさな、まあ、あと穏やかな者で考えらるのは、大言壮語が嘘ではない、ということかのう」

笑いを含んだ海応の声に、皆も顔をなごませる。そのなかで加門だけは、眉を寄せて考え込んでいた。


医学所を出た足で、加門は御庭番御用屋敷へと向かった。

「ごめんください」

古坂与兵衛の屋敷で声をかけると、すぐに戸が開いた。

「待っていたぞ」

与兵衛は上がり框で、手にしていた紙を広げた。

「屋敷が見つかったのだ、絵図を描いておいた」

加門がそれを覗き込むと、与兵衛が指を差す。

「場所は赤坂《あかさか》でな、屋敷の一角を貸してもらえることになったのだ」

「赤坂ならばここから近いですね」

「うむ、探索もしやすいからな」

与兵衛は絵図を差し出す。

「そなた、行って見て来てくれ。次郎らは場所や屋敷の造りなどを訊くであろうから、覚えておかねば話ができまい」

はい、と加門はその絵図を受け取った。

「では、さっそく行って見て来ます」

加門は古坂家をあとにした。

御用屋敷の門へと、加門は足早に向かう。と、背後から、

「加門様」

と、声がかかった。

千秋が小走りに追いかけてくる。

「や、これは千秋殿」

振り返りつつも、加門は足を止めない。追いついた千秋は横に並んだ。

「どこかに行かれるのですか」

「ええ、お役目です」

「わたくし、お話ししたいことがあるのですが」

見上げる千秋の顔を見返しながらも、加門は門へと歩き続ける。

また、新しい術を覚えたのだろう……。加門は千秋に苦笑を向けようとした。が、
おや、とそれを収める。千秋の顔には、いつもの朗らかさがない。だが、と加門はそのまま門へと進んだ。

「すみません、今は急ぎの仕事があるので、また今度、聞きます」

千秋の足が遅くなり、「そうですか」とつぶやいて止まった。

その場で見送る千秋に小さく会釈をして、加門は門を出た。

五

深川の路地を曲がって、加門は長七長屋の木戸をくぐった。

河辺鹿之助の家に立ち、口を開こうとして、はっとそれを噤《つぐ》んだ。いやまずい、と思い直して木戸の近くに戻る。先日、次郎の家へ向かう途中、鹿之助は長屋の場所と名を加門に話したが、何軒目の家か、ということまでは言っていない。

「河辺鹿之助殿、おられますか」

長屋中に聞こえるように、加門は大声を張り上げた。

鹿之助の家の腰高障子が少し、開き、顔が覗いた。

「ややっ」と、大きく戸が開き、鹿之助が現れた。

「なんと、宮地先生、よくここがわかりましたな」

「はい、先日、聞いたのを覚えていましたので探しました」

加門はにこやかに近づいて行く。と、向き合って声を落とした。

「頼まれた屋敷の件です、見つかりました」

「なんと」鹿之助は顔をほころばせる。

「これはありがたい、では、殿の所へ参ろう」

そう言うと中へと戻り、身支度を調えてすぐに出て来た。

錦糸堀を目指して、二人は歩き出す。

「いや、お頼みした甲斐があった」

機嫌よく微笑む鹿之助に、加門も笑みを返す。

「そういえば、身体の具合はどうですか」

「おお、おかげで身体が軽くなってな……」

鹿之助は調子のよさを話し出す。

言葉を交わしながら、錦糸堀に着いた。

次郎の家が間近に見える。と、その戸が開き、二人の男が現れた。一人は勝田清蔵、もう一人は武士だ。

あっ、と加門は息を呑んだ。武士のほうは、上野の山で加門と入れ違いに一味に話しかけた男だ。

おや、と鹿之助も、両国方面へと歩いて行く二人の姿を見る。

加門はなにげなさを装って鹿之助に向く。

「あの二人もお仲間ですか」

「ああ、いや、若いほうは勝田清蔵といって仲間なのだが、もう一人は違って、先日の上野で知り合うた御仁です。幕臣の三男坊、部屋住みだと言うておられたが、気さくで気持ちのよいお人です」

「へえ、そうですか」

戸口に着いて、鹿之助が「ごめん」と声を上げると同時に、内から戸が開いた。心《しん》張《ば》り棒《ぼう》を手にした木野左右衛門が、そこにいた。

加門はにこやかな面持ちを作りながら、腹に力を込めた。常に心張り棒をかっているとは、やはり用心深いな……。

しかし、鹿之助は頓着《とんちゃく》せずに、

「ささ、中へ」

と加門を誘う。

「や、これは宮地先生でしたか」

愛想のよい顔で迎えた次郎に、鹿之助は満面の笑みを見せる。

「宮地先生が屋敷を探してくれました」

その言葉に、次郎の顔から弛みが消えた。木野も神妙な顔で横に座る。

次郎は困ったような顔で木野と目を見交わすが、

「実は……」と、口を開いた。

「すでに屋敷を決めてしもうたのです、いや、宮地先生にはお頼みしておきながら、申し訳ないのですが」

頭を下げる次郎に、鹿之助は腰を浮かせる。

「ややっ、そうなのですか、いつ……」

「一昨日、菅野《すがの》殿が探して来てくれたのだ」

次郎の言葉を受けて、鹿之助は狼狽《ろうばい》気味に加門に向いた。

「菅野殿というのは、先ほど出て行った菅野弥十郎《やじゅうろう》殿のことです。屋敷の話は、別に頼んだわけでなく……」

「うむ」次郎がそれを受ける。

「清蔵が菅野殿に話したらしいのだ、そうしたところ、ちょうど屋敷を貸したいという御家人の知り合いがいると、その場で話が出たということで……」

「はい」今度は木野が続きを引き受ける。

「さっそく、清蔵とわたしが見に行ったのです。したら、ちょうどよい広さで、場所もよかったものですから、わたしの一存で決めてしまいました。宮地先生にはご無礼をいたしました」

小さく頭を下げる。

「ああいや、そうでしたか……わかりました」

加門が少し不快げな面持ちを作ると、鹿之助はうろたえて低頭した。

「これはなんとも……申し訳ない、お詫び申し上げる」

深々と腰を折る鹿之助に、加門は声を和《やわ》らげた。

「いえ、いいのです」

木野が取り繕《つくろ》うように、声を挟む。

「宮地先生が探してくださった屋敷はどこですか」

「赤坂の溜池《ためいけ》の近くです」

「赤坂、というと、確か外濠《そとぼり》の側《そば》ですね」

「はい、そうです、お城がよく見えます」

木野が小さく眉を寄せる。

「お城の近くというのは、さすがに窮屈かと……申し訳ないことですが、ここはやはり……」

眉以外は変わらない面持ちで、木野が微《かす》かに頭を下げる。

「ああ、はい、かまいません。お気になさらずに」加門は顔を笑顔に変えた。

「そちらのお屋敷はどこなのですか」

「小石川《こいしかわ》です」

小石川か、と加門は町を思い浮かべた。あの辺りは閑静な土地で町並みが広く、小さい屋敷が密集している。目星をつけておかねば……。

「小石川というと伝通院《でんづういん》の近くですか」

「うむ、お寺とそれに続く参道が近くにありましたな。屋敷の裏には町があって、なかなか便のよい場所なのです」

「ああ、あの辺りですか、細長いお屋敷が多い所ですね。確かに表門と裏門があって便利そうですね」

　頷く加門に、なおも鹿之助が頭を下げる。

「いや、あいすまぬことで」

　次郎がその鹿之助に声を投げた。

「河辺殿、お詫びに料理屋にお連れしてはどうか」

　はい、と鹿之助は顔を上げた。

「ああ、それはよい考え。ささ、宮地先生、行きましょう」

「いえ、そのようなことは、本当にお気になさらずに」

　首を振る加門の腕を、鹿之助がとる。

「いいえ、それではわたしの気がすみませぬ。参りましょう」

　促されて立った加門は、苦笑混じりに皆に会釈をした。

「それでは、失礼を……」

さっ、と先に立つ鹿之助のあとについて、加門も外へ出た。

両国橋を渡って、鹿之助は前方に手を上げた。

「日本橋《にほんばし》に行きましょう」

「日本橋ですか、あの辺りの料理屋は高いですよ」

いや、と鹿之助は片目を細めた。

「実は、江戸を知るお人とともに、日本橋を見てみたかったのです。せっかくなので、よいですかな」

「ああ、そういうことなら……どこか見たい所があるのですか」

「ええ、米問屋を」

勢いの増す鹿之助の足取りに合わせて、加門も足を速めた。

日本橋には大店《おおだな》が並ぶ。

薬種問屋の並ぶ一画、呉服屋の並ぶ一画、畳屋の並ぶ一画など、それぞれが町をなし、軒を連ねている。

「米問屋はこの辺りに集まっています」

加門は日本橋と江戸橋《えどばし》のあいだに伸びる日本橋川沿いの河岸を示した。日本橋の向こう側から江戸橋の向こうまで、ぎっしりと米蔵が並んでいる。

「ほう」

鹿之助は日本橋から身を乗り出して、蔵を裏から眺めた。

重い米俵は舟で運ぶため、蔵の裏側は堀に面している。多くの舟が蔵の裏に着けられ、中には米俵を荷揚げしている舟も見てとれた。

「表通りを歩きましょう」

加門が誘い、日本橋を渡って、米蔵の並ぶ道を進んだ。高い白壁の上に、黒い屋根《やね》瓦《がわら》をいただいた米蔵はいかにも堅固な造りだ。それを見上げ、鹿之助がほう、と声を上げた。

「大坂《おおさか》の米問屋も立派なものだが、江戸も負けてはおりませんな」

「大坂にもいたのですか」

「ええ」鹿之助が顔を上げたまま、頷く。

「生まれは赤穂《あこう》ですが、父も母も死にましてな、兄弟もいなかったもので大坂に出たんですわ。大坂は商人の町ですから、算術と算盤を教えると、人がぎょうさん集まったものです」

その頃を思い出してか、大坂弁も交じる。

「なるほど」

「ところで」鹿之助はきょろきょろと見まわす。

「高間伝兵衛《たかまでんべえ》の米問屋はどれですか」

「ああ、この先です」

加門は歩きながら江戸橋の向こうに見えてきた米蔵を指した。

「ここからしばらくが全部、高間伝兵衛の米蔵です、二十四棟あるそうです。裏の堀端は高間河岸《たかまがし》と呼ばれているんですよ」

「ほう、なるほど、大したものだ。ここが打ち壊しに遭ったわけですな」

江戸最大の米問屋高間伝兵衛の蔵と屋敷は、享保十八年、米の値上がりに窮した庶民によって壊された。江戸最初の打ち壊しだ。

すでに破壊の片鱗《へんりん》もない米蔵を見上げて、鹿之助は口を曲げる。

「もう、立派に建て直されてますな」

声を落とそうともしない鹿之助に、加門はわざと潜《ひそ》めた声で返した。

「ええ、もうずいぶん前の話ですから。その話は大坂にも伝わったんですか」

「そら、そうですわ。米の話となれば、大坂は黙っておれません」

大坂には最も多くの米問屋が集まり、各地からの米が集められる。米の相場は大坂の米問屋の組合によって大きく左右される。

鹿之助は感慨深そうに口を開く。

「あの頃、大坂の米問屋は大騒ぎになりましてな。公儀から遣わされた役人が殺されるんではないかと、ひやひやしたものです」

享保の頃、米価の下落や変動に悩まされた吉宗は、大坂の米問屋を手中《しゅちゅう》に収めようと、策を練った。役人を派遣し、公儀の支配下に置こうとしたのだ。が、長いあいだ、独自に運営をしてきた大坂の米問屋が従うはずもない。大きな反発が起き、公儀の思惑は一蹴《いっしゅう》された。

「しかし」鹿之助は城のほうを振り返った。

「高間伝兵衛を操った老中松平乗邑は、いまだ健在だそうですな、いや、今は老中首座で勝手掛《かってがかり》もなさっているんでしたか」

高間伝兵衛を米方役に任命し、大きな権力を持たせたのは、吉宗の片腕ともいえる老中松平乗邑だった。その手腕が評価され、やがて老中首座となり、財務を司《つかさど》る勝手掛にも取り立てられ、今に至っている。

「大坂さえも支配しようとしたのだから、大した胆《きも》のお方だ」

相変わらず声を落とそうとしない鹿之助の腕を、加門はそっと突いた。

「その話はあとでゆっくり。それに、打ち壊しのときの高間伝兵衛は死んで、今は息子が継いでいるんですよ」

「ほう、そうでしたか」

「ええ」加門は潜めた声のまま、見えてきた広い間口《まぐち》を指差す。

「あれが高間伝兵衛の屋敷です。打ち壊しのあとに建て直したんです」

むうう、と鹿之助が唸る。

「立派な造りですな」

「ええ、ですが……」

言いかけて、加門は息を吞んだ。その屋敷から出て来た一人の武士に目が引きつけられた。武士のあとには供侍らもついている。それなりの身分の旗本に違いない。

そのあとから悠然と、いかにも主然《あるじ》とした男が出て来る。

あっと、加門は息を吞んだ。

二代目の高間伝兵衛だ。先代から店を継いだ折に、派手なお披露目をしたのを見たことがあった。への字で口角だけが上がった口を覚えている。

伝兵衛と旗本は、互いに小さく礼をする。この伝兵衛も父親と同じく米方役に就いているため、旗本とはいえ威張るわけにはいかないのだろう。礼をした旗本は、くるりと身を翻《ひるがえ》すと、伝兵衛に背を向けて歩き出した。伝兵衛も見送ることなく、さっさと中へと戻って行く。

こちらに歩いて来る旗本の顔を、加門は横目で見た。見覚えはないが、いずれかの役所の者だろう。羽織の背中の家紋を目に刻み、加門は城の方向に去って行く一行を見送った。

鹿之助はそれには目を向けずに、伝兵衛の屋敷につかつかと歩み寄り、見上げている。加門はうしろから、

「行きましょう、神田に手頃な料理屋がありますから」

と声をかけた。振り向いた鹿之助はひととおりを見て満足したらしく、大きく頷いて、歩き出した。

料理屋の小部屋で、鹿之助は「ささ」と、加門に酒を注ぐ。

「いや、お気遣いなく」

加門の遠慮に鹿之助は、

「いえ、これはお詫びゆえ、お受けいただいたほうがこちらも気楽」

と、真顔になる。

はい、と湯気の立つ豆腐料理を口に運びながら、加門は鹿之助を上目で見た。

米問屋や高間伝兵衛に関心を持つ鹿之助の考えをもっと知らねば、と思う。

「先ほど言いかけたのですが、あの高間伝兵衛の屋敷、国にはもっと大きなものがあるそうですよ」

「やっ、高間伝兵衛は江戸の者ではないのですか」

「ええ、わたしもよくは知りませんが、上総《かずさ》の出だそうです。そちらが本宅で、大層な屋敷を構えているという噂を聞いたことがあります」

「大層な屋敷……それは聞き捨てなりませんな。米問屋がそれほど儲《もう》けるとは、その仕組み自体が誤りの証《あか》し。米を財となすことが、そもそも間違っておるのです」

唾を飛ばしそうな勢いに、加門は真顔になる。

「なるほど、勘定役の教えを継いだ河辺殿らしいお考えですね」

「うむ、天候や虫の害で出来高が左右される米を、金銀と同じように扱うことが誤りであると、わしは考えておるのです」

「へえ」加門は意次の顔を思い出して、目元を弛めた。

「同じような考えをしている友がいます」

「ほう、さようか」鹿之助が身を乗り出す。

「いや、それは心強い。そうなのだ、米を銭金のように扱うから、相場を操る者らに食い物にされ、下の者らが困るのだ。わたしはそういう仕組みを変えたいと思っている……まあ、幕臣でもないのに、無理な話なのはわかっておるのですがな」

苦笑を浮かべる鹿之助に、加門は返杯をする。

「なるほど、しかし幕臣は無理でも、大名の家臣になれば少しは御公儀の御政道に近づけますね」

「うむ、そうなのだ」鹿之助は盃をくいと傾けた。

「わたしはそれゆえに、次郎様の元に馳《は》せ参じたのだ」

へえ、と加門はさりげなく相槌《あいづち》を打つ。

「あのお方とは、どこで知り合われたのですか」

「ああ、それは……わたしが大坂にいたときに丹波に大物の風格を持つ御仁がおる、と聞きましてな、それがゆくゆくは大名となられるお方、という話で……これは会ってみたいと思うて、丹波に行ってみた、というわけです」

「なるほど」と、加門はまた酒を注ぐ。

「おっ、かたじけない、いや、豆腐に酒というのもいいものですな」

鹿之助の舌は酒を流し込むにつれて、なめらかになっていく。

「で、お会いしたところ、あの佇《たたず》まいであの品格、これは本物だ、と感じましてな、わたしは家来にしてほしいとお頼みしたわけです」

「へえ」加門も酒を口にしながら、顔を弛める。

「本物というのは、大名としてという意味ですか。あのお方は、なにゆえに大名になることができるのですか」

「ああ、それは……」鹿之助はうつむいて盃を口に運ぶ。

「いや、まあ、それはまた改めて、少し入り組んだ話でしてな……それはそうと、老中首座の松平乗邑は、まだ腕を振るっておるのですかな」

慌てて話を変えた鹿之助に、加門も合わせる。

「はい、公方様の信頼厚く、変わらずに御政道を取り仕切っているようですよ」

「ふうむ、しかし、あの御仁が米相場を操ろうとしているのでありましょう。初めに高間伝兵衛を用いたのも首座殿だ、と聞きましたぞ」

「ええ、それは市中に知れ渡っていたようです。打ち壊しと同じ頃に首座様のお屋敷も火事になったのですが、それも付け火ではないか、と江戸では噂が流れました」

「うむ、それも大坂で伝え聞きましたぞ。上で結託して米相場を動し、下の者を困らせて、己らは大儲け。怒るのも無理はない」

くい、とまた酒を流し込む。鹿之助の身体がゆうらりと揺れた。

加門は手を叩いて、女中を呼ぶ。

「なにか煮物と飯、それに水を頼む」

「それと酒も」

鹿之助は付け加えた。

六

「古坂殿」

御庭番御用屋敷で、加門は声を張り上げた。

すぐに現れた古坂与兵衛が、奥へと加門を上げる。

「実は次郎一味の屋敷の件ですが……」

ほかの屋敷に決まった事情を話すと、与兵衛はむっと唸って腕を組んだ。

「そうか、それはしかたあるまい」

「すみません、せっかくご手配いただいたのに」

頭を下げる加門を、与兵衛は手で制す。

「いや、そなたのせいではない。それよりも、その部屋住みの菅野弥十郎とかいう男、何者であろう。ただの親切で屋敷を世話したとは思えんが」

「はい」加門は顔を上げた。

「考えたのですが、偽名を使った町奉行所の隠密廻《おんみつまわ》りではないでしょうか。上野の山に町奉行所から与力と定町廻りの同心が来ておりましたし、同心は問いかけもしておりました。おそらく、強い関心を持って、探索しているはず」

「うむ、そうか。騙りであれば捕らえて手柄となすことができる」

「はい、もしも本物であったとしても、親しくしておけば損はない、と」

むう、と古坂が上目になる。

「まあ、予断を持ってはいかん、そちらも調べることにしよう。屋敷の主の名はわからぬのだな」

「はい、大まかな場所は聞いたのですが……」

加門は聞いた話を伝える。

「ふうむ、では、それはこちらにまかせろ。我らが一味の者を見張って、家移りのあとをつけさせる。そなたはまた随時、参れ」

「はい」

加門は古坂家をあとにした。

御用屋敷の庭を歩きながら、加門は城を見上げる。

西の丸に寄って、意次に事の次第を告げていこう……。そう考えて、足を速める。

と、ふと脇に目が引かれた。

千秋が植え込みの向こうに立ってこちらを見ている。

「ああ……」

加門が身体の向きを変えると同時に、千秋はくるりと身を翻した。そのまま屋敷へと駆けて行くうしろ姿を見つめて、加門は眉を寄せた。

怒っているのか……先日、話を聞かなかったからか……どうする、追うか、いや……。迷っていると、背後から声がかかった。

「加門」

栄次郎が小走りで寄って来る。

「ああ、もう走れるようになったか」

「ああ、そなたのおかげだ」

栄次郎は怪我をした足を上げて、笑顔をみせた。が、それが真顔に変わる。

「そなたは立派だな」

「は、なにがだ」

と、向きを変えた加門の上から下までを見て、栄次郎は首を振った。

「変化《へんげ》はうまいし、腕も立つ、医術も修められるくらいに頭もいい」

「なにを」と加門は眉を寄せた。

「それは努力をしてるだけだ」

「努力か」栄次郎は口を歪ませる。

「だが、誰でも努力できるわけではない、努力できるのは強いからだ」

「はぁ」とさらに眉を寄せて、加門は栄次郎を見る。

「まだ気落ちしているのか、大丈夫か」

栄次郎も加門を見返す。

「そなたはなんでも自分でできる。人の力なぞ、なくてもやれるだろう」

「なにを言っている」加門は首を傾げる。

「人の力なしにはなにもできないさ。いまだに父を頼りにする気持ちはあるし、吉翁にもなにかと教えてもらっている。御庭番衆の力なしにはお役目だってこなせないではないか。医術だって、先生方に世話になってばかりだ」

口を曲げる加門に、栄次郎はやや身を反らした。

「ううむ、言い方を間違えたか……そなたは……そうだな、人の情を頼りにすることはないだろう」

「情……」

「そうだ、情だ、誰かに気にかけてもらったり、心配してもらったり、こちらがしたり、そういう情だ」

情か……と、加門は上を向く。頭に浮かんだのは意次の顔だ。

「あるぞ」加門は栄次郎を見返した。

「誰かがわかってくれると思うと、心強くなる。わかり合ったりすれば、うれしくなる。そういうものであろう、そなたが言うのは。なれば確かに、情は頼りになる。わたしだって、それはあるぞ」

加門の答えに、栄次郎の顔が真剣になる。

「誰の情だ」

「友だ」

きっぱりとした加門の言葉に、栄次郎は面持ちを変えた。

「そうか」

たちまちに笑みが広がる。

「そうか、そうだよな」

栄次郎は加門の肩を叩いた。

「なんなんだ」

加門はその手を躱《かわ》して向きを変えた。

「もう行ってよいか。わたしはこれから城に上がるのだ」

「ああ、呼び止めてすまなかった」

栄次郎は笑顔で手を上げる。

おかしなやつ……。加門はつぶやきながら、御用屋敷を出た。


西の丸の庭を抜け、中奥の入り口へと向かう。

「田沼様に」と目通りを願うと、まもなく小姓見習いがやって来た。

「どうぞ、奥へ」

小姓が先だって案内されたのは、家重の居室だ。

足音を聞いたらしい意次が顔を出し、

「大納言様がお待ちだ」と、加門を中へと通し、ささやいた。

「そなたが来たら通せと仰せだったのだ」

意次と話せばよいと考えていた加門は、慌てて普段着の襟を正して、低頭した。

「本日はこのような形《なり》でご無礼つかまつります」

「く、る……い」

苦しゅうない、という言葉に、加門は次を汲んで面を上げる。

家重の脇に控えた大岡忠光は、主君の口の動きを読んで加門を見た。

「例の御落胤を名乗る一味について、進展はあったか」

「はっ……」

加門はこれまでのいきさつを順に語る。

黙って聞いていた家重は、小さく首を傾げた。

忠光がその口元を見て、言葉を発する。

「その次郎と名乗る者、人品はいかがか、とお尋ねだ」

「はい」加門は次郎の顔を思い浮かべる。

「まださほど話しておりませんので、人柄は把握《はあく》できておりませんが、言葉遣い、人当たりなど、少なくとも卑《いや》しい者ではない、と感じております」

言いつつ、加門は腹の底で苦笑する。表向きの人当たりのよさは、目的を果たすための術……。それは己にも当てはまることだからだ。

「ただ」加門は顔をさらに上げた。

「家臣を名乗る三名のうち、二名に関してはまだ見当がつきません。一人は鋭く人を探る目をしておりますし、いま一人は抜け目のない者のように見えます」

「ふうむ、いかにも怪しげであるな」

忠光は己の感想を言う。

「はい、ですが、残る一人、わたしが医者として薬を出している者は実直で、邪《よこしま》なところは感じられません」

「ほ、う」

家重の面持ちが変わる。

「どのような人物か」

忠光も身を乗り出す。

「はい、勘定役を務めていたという父親から、多くの教えを受けておりまして、算術のみならず、世の仕組みに対してそれなりの見識を持っております」

「見識とは、どのような」

意次も関心を示す。

「米相場に関してくわしく、大坂への御公儀の介入についても知っておりました。差配をしたのが老中首座様であることも、首座様が取り立てたのが高間伝兵衛であることも、江戸は初めてであるにもかかわらず、よく呑み込んでおりました」

「む……」

家重の顔が歪み、口が動く。忠光がそれを言葉にした。

「そこに問題があることを承知しているのだな」

「はい」加門は言いよどみながらも頷いた。

「高間伝兵衛の米蔵と屋敷を見て、世の仕組みに誤りがあるのではないか、と」

家重の面持ちが苦々しげに歪み、口が動いた。

「あの者らは信用がならぬ、と仰せだ」

忠光はそこに己の考えも付け加えた。

「米の値下がりが続いたせいで、また首座様がいろいろと指示を出されておるからな。その下で実際に動くのは高間伝兵衛であろう。伝兵衛も初代は打ち壊し以降、表向きは控え目になったが、二代目はむしろ初代以上に派手に動いているようだからな」

「そうなのですか」

加門は、屋敷で見た光景を思い起こした。

「そういえば……」

思わずつぶやいて、慌てて口を噤む。

家重が眉を寄せた。

「なんだ、言うてみよ、と仰せだ」

忠光の目が加門に向いている。

「あ、いえ、お役人と思《おぼ》しき方を高間伝兵衛の屋敷で見かけたもので。なれど首座様が指揮を執っておられるのなら、おかしくはありません」

低頭する加門に、家重と忠光が頷き合う。

こほんと咳払いをすると、忠光が声を改めた。

「一味のことは放っておけぬが、米問屋の動向も捨ておけぬ。なにか気にかかることがあったら、報告せよ」

「はっ」

加門は改めて腰を曲げた。

横目で見た意次と、眼差しが交わる。

役目が増えたな、と語る意次の眼に、加門は目顔で頷く。役目が増えるのはいやではない。むしろ、腹に力が入る。

目の裏に、歪んだ口をした高間伝兵衛の姿が甦っていた。

第四章　策謀

一

町人姿の着流しに羽織を引っかけて、加門は西堀留川《にしほりどめがわ》の米河岸に立った。

米蔵の裏に舟が着けられ、米俵を荷揚げしている。
二、三人で俵を担ぎ上げ、上からそれを引き揚げる。上げた俵を一人で肩に担ぐ猛者《もさ》もいた。
陸《おか》から指示を飛ばしている男に近寄ると、加門は笑顔を向けた。

「よう、兄さん、荷揚げの仕事はやっぱり口入れ屋《くちいれや》を通すのかい」

ああ、と男は横目で加門を見る。

「そうさ、今は荷がどんどこ来ているからな、どこの蔵もみんな口入れ屋から人を出してもらってるのさ」

「どこの口入れ屋に行きゃあいいんだい」

男は小さく振り向いて、うしろを手で指した。

「表に杵屋《きねや》ってえ口入れ屋があっから、そこに行ってみな」

「杵屋か、ありがとうよ」

加門は堀端から路地を抜けて、表へと出る。

杵屋の看板はすぐに見つかり、加門は軒をくぐった。

中では浪人やいかにも田舎から出て来たばかりような男達が、順番を待っていた。

加門はその後ろに並んで、順番を待つ。聞いていると、荷揚げばかりでなく、中間《ちゅうげん》になりたい、用心棒がしたい、などとさまざまに注文をつけている。

加門の番になった。

帳場に座った番頭が、加門の上から下までをじろりと見る。

「どんな仕事がやりたいんだい」

「荷揚げがやりたいんだが」

加門は胸を張って、身体を大きく見せる。

「おまえさん」番頭は眉を寄せた。

「そんな身体で荷揚げができるのかね」

「ああ」加門は袖をまくり上げた。

「中はそう捨てたもんじゃねえよ」

よっと息を吸って、加門は二の腕に力瘤《ちからこぶ》を出してみせる。幼い頃から剣術で鍛《きた》えた腕は、丸い山型に盛り上がった。

「ふん、その腕じゃあ一俵は無理だな。まあ、二人組ならいけるか」

口入れ屋の言葉に、加門は苦笑する。確かに、一人で一俵を担ぐのは無理だ。

「へい、いけます、お願げえしやす」

番頭は筆を執って、加門を上目で見る。

「名は」

「寅七《とらしち》といいやす。坂本町《さかもとちょう》、籐兵衛《とうべえ》長屋の寅七で」

出まかせをすらすら言いながら、加門はにっと笑う。

ふん、と筆を走らせる番頭の上から、加門は首を伸ばした。

「旦那、おいら、高間伝兵衛様の米蔵でやりてえんで、そいで頼みます」

ああっ、と番頭は顔を上げた。

「荷揚げの仕事なぞ、どこの米蔵でやろうと同じだぞ」

「へえ、そいでも、どうせやるんなら一番のとこがいいと思いやして。それに、房《ぼう》州《しゅう》の出なもんで、国じゃあ伝兵衛様は有名なんでさ。帰ったときに自慢できますから」

「生まれは房州か、上総の隣だな」

番頭が書き足す手を覗き込んで、加門は頷く。

「へい、上総の高間お大尽《だいじん》を知らねえもんはいません。その米蔵で働いたって言やあ、いい土産話《みやげばなし》になりまさ」

ふん、と番頭は小さな笑みを見せて、帳簿を開く。

「それなら三日後だな、また舟が入るから、そのときだ。朝、ここに来ておくれ」

「へい、ありがとうござんす」

加門は腰を曲げた。

「いやぁ、よかったよかった」

独り言をつぶやきながら店を出る。出がけに番頭を振り返り、もう一度頭を下げると、番頭は早く行けとばかりに手を振った。

「加門、おるか」

医学所の薬部屋に将翁が入って来た。

「はい、ここに」

加門は薬研を持つ手を止めて、顔を上げる。つかつかと寄ってきた将翁が、小声でささやく。

「例の患者が来たぞ、河辺鹿之助というたか」

はい、と加門は慌てて立ち上がり、将翁を追い抜いて、表の部屋へと駆けた。

「ああ、宮地先生、ご無沙汰してました」

診察所に座っていた鹿之助が、向きを変えて礼をする。過日、日本橋をともに歩いて以来だ。

「よかった、気になっていたんです。もう、とうに薬が切れてますよね」

ひと月分渡した薬はなくなっているはずだ。

「ええ」鹿之助が頷く。

「具合がよくなったのでもうよいかと思ったのですがな、やめてしばらくしたら、服んでいたほうが調子がいいとわかりました」

「そうですか、せっかくですから、もう少し続けたほうがいいと思います。脈を診てもいいですか」

差し出した加門の手に、鹿之助も手首を出す。

指を当てながら、

「そういえば、お屋敷に移ったのですか」

と問う。本当は、まだ移っていないことを、探索をしている古坂から聞いて知っていた。

「いや、まだでしてな」鹿之助は首を振った。

「屋敷の内を見たら、いろいろと不都合や壊れが見つかったもので、今、大工を入れているんです。かといって、あまり手間賃をかけられないので、わたしは頻繁《ひんぱん》に立ち合っておるのです」

「勘定役のお仕事ですね」

加門が微笑むと、鹿之助も笑顔になった。

「さよう、つまらぬことで忙しくて困る……ああ、それゆえ、少し調子が悪くなったのやもしれませんな」

「ああ、それはありえますね。気の休まる暇がないと、心の臓にも負担がかかるものです」

加門は脈を探り当て、数を数えた。指先に集中して、じっと息を詰める。

「脈の乱れはほとんどなくなりましたね、大丈夫ですよ、では、ちょっと舌を出してください」

向き合う加門に、鹿之助は舌を出してみせる。

「はい、浮腫《むくみ》もみられません、ちょっとご無礼」

加門はその手で目蓋《まぶた》を下げて見る。

「はい、いい色です」

ほう、と鹿之助の安堵の息が洩れた。

「これで安心、仕事に邁進《まいしん》できます」

「新しいお屋敷、陽当たりはいいですか」

加門が問うと、ええと鹿之助は身を乗り出した。

「南に庭があって陽当たりは申し分ないですな。庭も広くて、風も通るし、なかなか気持ちのいい屋敷です」

「へえ、それはいい、陽当たりや風通しは大事です。そのような所ならば、身体を損ねることはありませんね。どなたのお屋敷なのですか」

「土井《どい》様という御家人です。御家人が窮しているというのは真《まこと》なのですな。入るのなら早く入れと言われました」

「ああ、そうですね、どこも窮してるようです。まあ、それゆえに御公儀も手を打ってはいるそうですが」

この手の話は鹿之助が乗ってくる、と加門は腹の中で練っていた。

「ほう、どのように」

案の定、身を乗り出してくる。こうなれば話を進めやすい。

「米の値が下がったために、御家人は札差《ふださし》に金を借りてなんとか凌《しの》いできたわけですが、借りた金は返さねばならない。そこで、札差に待ったをかけて、米の値が上がるまで、御家人の借金は返さずともよい、ということになったそうです」

「ほほう、そうなれば御家人は助かりますな。しかし、金が返ってこなければ、札差が困るのではないですか」

いえ、と加門は肩を上げた。

「江戸の札差は裕福ですから、困る者などいないでしょう。ところでその土井様という方は、どこのお役人ですか」

「小普請組《こぶしんぐみ》だそうです。が、なにをする役なのか、わしにはわかりません、先生はご存じですかな」

「ああ」加門は声を落とした。

「小普請組というのは役がないのです」

「役がない、とはどういうことですかな」

「ええ、そうですね、お役目をいただけなかった者とか、父親の役目を継いだものの仕事が合わなくて下ろされた者とか、なにか失態を犯して役を取り上げられた者、などが小普請組に入ったりします。役所は閉じられたり、開設されたりもしますから、役目が一時的になくなることもあるようですよ」

「ほう」鹿之助が意外そうな顔をする。

「幕臣というのは気楽なものかと思うていたが、そうでもないわけですな」

「そうですね」

加門は苦笑しつつ、そうか、と腑《ふ》に落ちた。小普請組ならば、役がほしいに違いない。役を与える代わりに屋敷を貸せ、と言われれば誰でも飛びつくはずだ……。

「家移りする日は決めているのですか」

「ええ、もう十一月に入ってしまいましたからな、あまり伸ばしたくはない。なので、二十日頃には家移りしたいと、大工にも急がせておるのです」

「なるほど、あまり寒くなると家移りは面倒ですからね」

加門は立ち上がった。

「では、薬を作ってきます。お忙しいのなら、またひと月分にしますか」

「おお、そうしてもらえるとありがたい、お願いします」

微笑む鹿之助に、加門も笑顔で頷いた。


医学所から御用屋敷へと、加門は早足で向かった。鹿之助から知り得たことを、古坂与兵衛に知らせなければならない。

屋敷の中を足早に歩いていると、加門の目の端に吉川栄次郎の姿が入った。父の嘉右衛門とともに、村垣家に入って行く。

小さく振り返りながらも、加門は古坂家の前に立った。

「古坂殿、加門です」

おう、と招き入れられ、加門は息を整える。

「先ほど、河辺鹿之助が医学所に来まして、話を聞き出しました。例の屋敷ですが、主の名は……」

加門は聞いたことを順に並べて説明する。

「おう、そうか」与兵衛は膝を打つ。

「小普請組の土井までわかれば、屋敷はすぐに突き止められる。それに今月の二十日頃が家移りとな、それがわかれば、もう一味を監視せずにすむ。ようやった、加門」

与兵衛は加門の肩を力強く摑んだ。

その頃。

村垣家では、吉川親子が村垣家の人々の前にかしこまっていた。

千秋の右には吉翁が座り、左側には両親が端座している。

吉川嘉右衛門はゆっくりと一家を見て、口を開いた。

「千秋殿を栄次郎の妻として迎えたいのだが、いかがであろうか」

栄次郎は千秋を見つめて、頷く。

千秋はそれを真っ直ぐに見返して、紅を差した唇を開いた。

「考えさせてください」

ほう、と吉翁が息を吐いて、吉川親子を見る。

「すみませんな、いくら話しても、まだ決められないと言うばかりで」

千秋は毅然《きぜん》と祖父を見返した。

「だって、急に言われたのですから、すぐには決められません」

ははは、と栄次郎の笑いが起きた。

「わたしは子供の頃から、千秋殿を好いていたのだがな」

「そら、そこです、溝《みぞ》があるのは」

千秋の言葉に、母の初《はつ》が「これっ」と声を荒らげる。が、千秋は臆せずに栄次郎を見返した。

「栄次郎様には、ここに至るまでの時が充分におありだったのでしょうが、わたくしにとっては降って湧いたも同然のお話。互いの意にずれがあるのはいたし方のないこと、と思います」

「こらっ、言葉を慎め、無礼であろう」

父の頼道《よりみち》が、怒気を含んだ声を放つ。

「ああ、いやいや」嘉右衛門が手を上げた。

「千秋殿の、そうした気性が栄次郎にはちょうどよいのです。なにしろ、この栄次郎は気弱な性分。しっかりとした妻に支えられてこそ、御役が務められるというもの。千秋殿はどの女《おなご》よりも、我々の役目を解しておられる。我が吉川家としては、慎ましい嫁ではなく、賢い嫁がほしいのです」

千秋の口がきっと結ばれる。言いたいことを吞み込んだかのように、小さな咳を払った。

「いや、そう言っていただけるのは、ありがたきこと」頼道が頭を下げる。

「しかしながら、当人がこれですから、申し訳ないことですが、いましばらく時をいただきたい」

低くなる頭に、嘉右衛門も同じく低頭する。

「いや、それも当然のこと。本日はとりあえず正式な申し入れ、ということでお納めくだされ。返答はまた後日、いただくことにしましょう」

はっ、と村垣家もそろって頭を下げる。が、千秋だけは前を向いたままだ。

同じく千秋を見る栄次郎も、まっすぐに笑みを向けていた。

二

股引《ももひき》をはいて尻ばしょりをした加門が、襷《たすき》を手に米蔵へと向かう。

口入れ屋で指示されたとおり、高間伝兵衛の米蔵「ほ」の入り口に立った。米蔵に二つの入り口があり、順番にいろはが振られている。二十四の蔵であるため、ちょうどいろは四十八の文字が振り分けられているのだ。

入り口に立った男に近づき、加門は「おはようごぜえます」と腰を曲げた。

「手代の左吉《さきち》さんですかい、おいら杵屋から来た……」

「ああ、寅七さんだね、聞いてるよ。そしたら、裏に回っておくれ。河岸に舟が来るまでそこで待つ、いいね」

「へい、わかりやした」

加門は言われたとおりに、路地から堀へと出た。

高間河岸には荷揚げ人足がすでに集まっている。太い腕の男達が、大きな声でしゃべり、笑い声を上げていた。が、まだ舟は着いていない。

加門は暇をつぶすかのようにぶらぶらと河岸を歩いた。蔵の先には、黒板塀が見える。高間伝兵衛の屋敷だ。

塀沿いに端まで行った加門は、裏口の戸に目を留めた。塀に同じ黒塗りの戸がついている。引き戸だ。

開くのか……。加門が手を伸ばそうとしたそのとき、戸が開いた。慌ててあとずさり、歩き出す。振り向くと、中から桶を抱えた男が出て来た。尻ばしょりで襷《たすき》姿《すがた》の男は、河岸の際《きわ》まで行くと、大きく桶を振って、中の水を川へと放った。濁った水には米粒や野菜の切れ端が混ざっている。

桶が空になると、男は裏口から屋敷へ戻って行く。

そのようすを窺いながら、加門は独りごちた。昼間は閂《かんぬき》をかけていないのだな……。そのまま塀の終わりまで行くと、加門は踵を返した。

にぎやかな人足の溜まり場に戻る。

皆、すでに用意を整えているのを見て、加門も襷をまわした。

「よう、兄さん、新入りかい」隣の男が笑いかけてきた。

「今のうちに首に手拭いをかけときな。荷揚げがはじまったら、すぐに汗だくになるからよ。鉢巻《はちま》きもしとくといいぜ、汗が目に入るからな」

なるほど、皆、手拭いを首に巻き、鉢巻きもしている。が、加門は懐に手を入れて、苦笑した。

「こりゃ、ありがとうよ、けど、おいら手拭い一本しか持って来てねえや。初めてなもんでな」

「なら、首にしときな、そうすりゃ顔も拭けるからよ」

「おっ、そうか、じゃあそうしよう」

笑顔を返す加門に、男は胸を張った。

「おれぁ、留蔵《とめぞう》ってえんだ、なんでも聞いてくんな」

「おう、おれは寅七だ、よろしくな。留蔵さんはもう長いのかい」

「そうさ。まあ、だが、荷揚げなんて仕事は荷物がなけりゃ話になんねえ。長いっちや長いが、毎日やってるわけじゃねえからな」

「そうか。けど、今年は荷物が多いんだろう。そう聞いてやって来たんだ」

「ああ、米をいっぺえ買い上げたそうだからな、秋からこっち、働きづめよ」

留蔵は日に焼けた顔を堀に向けて、眼を細める。

「へえ、じゃあ今のうちに稼いでおかなきゃな」

加門の言葉に、留蔵はばんと背中を叩いた。

「おう、まだまだ来るそうだからよ、今年はいい正月になるぜ」

堀の向こうに舟影が見えた。

「おおい、来たぞ」

男達が動き出す。雁木《がんぎ》（河岸に作られた階段）に並んで、男達が袖をまくる。

「そら、行くぞ」

留蔵に続いて加門も雁木を下りる。

「よっしゃぁ」

横付けされた舟に、男達が群がった。

湧き上がるかけ声とともに、荷揚げがはじまった。

舟が並び、積まれた米俵が次々に陸揚げされる。

舟の一艘が空になり、二艘目も終わる。三艘目の荷揚げがすんだ頃には、加門は大きく肩で息をしていた。

「ようし、休みだ、中食《ちゆうじき》にしてくれ」

手代の左吉が声を張り上げる。

皆がぞろぞろと河岸に上がって、汗を拭く。

加門は左吉に近づいて声をかけた。

「飯はどこかに食いに行ってもいいんですかい」

「ああ、小半刻（三十分）で戻ってもらえりゃ、好きにしていい。だが、ここでも食えるぞ」

左吉が指を差すほうを見ると、煮売り屋が河岸に座り込んだ皆のあいだをまわっていた。菜だけでなく握り飯も売っているらしい。

「握り飯はてめえで持ってくるやつも多い。安く上がるからな」

そう言いながら、左吉は加門の上気した顔に、にっと笑った。

「どうだ、仕事は……ちゃんとやっていたようだが、続けられそうか。飯を食ったら、もう一刻ほどやれば終わりだ」

「へえ」加門も笑いを返す。

「思ったよりもきつかったけど、二艘目で馴れました。明日からも来てようがすか」

「おう、ならば来てくれ。荷が多いから、今は人出が要る」

左吉は頷くと、表へと歩いて行った。


大きく息をしながら、加門は神田への家路を歩く。湯屋で汗は流したが、着物や股引が汗を吸い込んで重い。

足早に向かうと、家の窓が小さく開いているのが見えた。

駆け足になる。

裏口から入ると、思ったとおり、意次が座敷にいた。

「来ていたか」

上がり込む加門を、意次が目を見開いて見上げる。

「どうした、その格好は」

はは、と加門はそのまま奥へと行く。

「着替える、待ってくれ」

意次が小声で問う。

「探索か」

「ああ」着物を替えた加門が、大きく息を吐きながら、向かいに座った。

「荷揚げをしてきた。高間伝兵衛の米蔵だ」

「高間伝兵衛の……」

「うむ、次郎の一味は屋敷を移るまでは動きがなさそうだからな、そのあいだにあちらのようすを探ろうと思ったのだ」

「なるほど、相変わらず役目に熱心だな」意次は膝行して間合いを縮めた。

「わたしもな、調べたのだ。そら、首座様が江戸の米問屋に買米《かいまい》を命じたであろう」

老中首座松平乗邑は、豊作のため値の下がった米の値を上げるため、大坂の米問屋から多量の米を買い上げるよう、江戸の米問屋に命じた。乗邑がその指揮を委《ゆだ》ねたのが、米方役の高間伝兵衛だ。

「伝兵衛は江戸中の米穀商、なんと百七人に声をかけて、行わせたそうだ」

「そんなに多いのか。しかし、そうなると大店ばかりではないだろう、皆が金を持っているとは限らぬではないか」

「おう、そこだ。そのための金が流れるように、手も打たれたのだ。勘定奉行の神尾《かんお》春央《はるひで》様がお触れを出してな、買米のための借金は特別に扱い、ほかと区別すること、としたのだ。返済も急いて求めぬように、ということでな」

「神尾様か、いかにもだな」

神尾春央は乗邑が勘定奉行に引き揚げ、片腕として使っている者だ。容赦のない増税で公儀の収益を上げたが、その分、民百姓からは怨《うら》みを買っている。

「それにな」意次が身を乗り出す。

「これは勘定奉行の指図か高間伝兵衛の知恵かはわからんが、百七人の米穀商に買米の量を十等級に分けたそうだ。店《たな》の規模に合わせて振り分けたのだろう、まあ、それは理にかなっている」

「ああ、小さな店が大きな借金を負わされたら、立ちゆかぬものな」

「うむ。それでな、驚いたのは伝兵衛の等級だ。高間伝兵衛は一番上で、なんと五万石の買米を請け負ったのだ」

「五万石」加門の目がいっぱいに開く。

「五万石とは……大名並みではないか」

「いや、それを買米だけにぽんと出すのだから、大名なぞ目ではないだろう」

口を曲げる意次に加門も頷く。その脳裏に建ち並ぶ米蔵と、今日、続々とやって来た舟が甦った。

「五万石も米を買えば、荷揚げはいつまでも終わらないはずだ」

「荷揚げか、米俵の数はすごいだろうな」

「ああ、すごい」

加門の歪めた顔に、意次は苦笑する。

「しかし、それを聞いて、先代の高間伝兵衛の噂を思い出したぞ。もうずいぶん前だが、吉原《よしわら》を三日間、借り切ったという話を聞いたことがあったのだ。そのときには噂に尾鰭《おひれ》が付いたのだろうと思っていたが、そうではないな。きっと、真のことだったのだ」

ううむ、と加門は腕を組む。

「一人の男にそこまで富が集まるとは、どうなっているんだ」

「ああ、仕組みに誤りがあるとしか言いようがないな。首座様が取り立てて、力を持たせたのが、そもそもの間違いだ」

意次も目元を歪ませた。

加門は唇を嚙む。

「これは、調べがいがあるな」

「ああ、家重様も、首座様と高間伝兵衛の動きは気にかけられているのだ」

「そうか……いずれ将軍の座を継がれるのだから、御政道の流れを掌握《しょうあく》なさりたいのだろうな」

「うむ、それほど先のことではないかもしれぬしな」

「そうなのか」加門の脳裏に父の言葉が甦る。

「上様は御隠居なさるおつもりなのだろうか」

「いや、西の丸のほうでは、よくわからんがな。気配を感じる、というか」

ふうむ、と加門は腕を組む。

「いずれにしても、調べて家重様にご報告せねばならんな。気合いを入れよう」

ああ、と意次は加門の肩に手を伸ばした。

「まあ、しかし、気をつけろよ」

「ああ、気をつけて気合いを入れる」

加門は笑みを作って頷いた。


「せーの」

「おう」

加門が米俵を持ち上げると、上から腕が伸びてそれをつかみ上げる。

荷揚げも続けると、力の入れ具合もわかり、加門の息づかいも落ち着いてきた。

「よっしゃ、いくぞ」

最後の米俵が上がったのを見て、河岸に立つ左吉が声を放った。

「ようし、休んでいいぞ、中食だ」

皆がぞろぞろと上がる。

加門も表に出ると、飯屋に飛び込んで、大盛りを平らげた。

くちくなった腹で表に出ると、加門は高間伝兵衛の屋敷へと向かった。前をゆっくりと通り過ぎ、しばらく行ってまた戻る。

毎日、それを繰り返していたため、頻繁に出入りする男らが頭に刻まれた。大店の米問屋の主がしばしばやって来るのだ。

また富田屋《とみたや》が来たな……。横目で見ながら歩くと、前からやって来る男が目についた。うつむきがちで、顔がよく見えない。

加門はそっと屋敷へと近づく。

山吹屋《やまぶきや》か……。暖簾をくぐる背中を見ていると、中から別の人影が現れた。用心棒の長谷《はせ》権右衛門《ごんえもん》だ。数人いる用心棒のなかでも、一番眼光が鋭い。

「おい、貴様」去ろうとする加門に、長谷が声を投げる。

「昨日もいたな、汚い形《なり》で表に出て来るな」

へい、と加門は頭を下げて、早足になる。

睨めつけてくる気配を感じながら、加門は河岸への路地に入った。

荷揚げ人足らの笑い声が聞こえる。

飯をすませたらしい左吉も戻っており、仁王立《におうだ》ちになって空を見上げている。

加門はその横に立つと、同じように空を見た。

「雨か雪になりそうですね」

ああ、と左吉は加門に気づいて、空を指さした。

「明日は降りそうだな。雨でも雪でも霙《みぞれ》でも、降ったら仕事はねえから、来るなよ」

「へい」加門は頷く。

「左吉さんはもう長いんですかい」

「いや、まだ三年目だ。だから、こんな寒空に立つ仕事なのさ。あと二年もしたら、中の仕事にしてもらえるだろうがな」

苦笑する左吉の顔は日に焼け、目尻に皺が刻まれている。

「前も米問屋だったんですかい」

加門の問いに、左吉は首を東に向ける。

「いや、おれは百姓だったんだ、上総でな」

「上総……おれは房州でさ、安房《あわ》の端っこで」

「おう、じゃあ近えな」

「へい、上総なら高間の旦那様と同じってこってすかい」

「ああ、そうよ、だからその伝手《つて》で江戸に出られたんだ。ここで雇ってもらえるってえことでな」

　百姓は土地を離れることを禁じられている。加門はそれを思い起こしながら、米蔵を振り返る。だが、力さえあればなんとでもなるということか……。

「高間の旦那様は、上総に大層なお屋敷をお持ちだと聞いたことがありやすが」

「おう、そうさ」左吉はくいと顎を上げた。

「周南村《すなみむら》にはな、江戸の小せえ町なんかいくつも入っちまうようなお屋敷があるんだ。十二町歩《ちょうぶ》（三万六千坪）だぞ、すげえだろう」

「へえぇ」加門は本心から目を見開く。

「そりゃすげえや」

　ああ、と左吉は胸をいっぱいに張る。

「庭にはでっけえ池があってな、そいつは四反《たん》（千二百坪）もあるってえ話だ。そこに屋根舟を浮かべてきれいな女達を乗せてよ、凧揚《たこあ》げをするのさ。その凧は な、おれたちも田んぼから、見られるのよ」

　へえ、と加門は大きな息を洩らす。

「高間お大尽てえのは、本当なんだな。そいつは代々なのかい」

「いや、いつからかはよく知らねえが、もともとずっと前の代から、上総でも米の買い上げと金貸しをしていたっていう話さ。先代の旦那様がそれを元手に江戸に出て、米問屋をはじめたってえこったろうよ。先代様は、頭のまわりが早いってえ評判だったからな、お江戸の米問屋をあっという間に抜いちまったってこった」

　かかか、と左吉は笑う。

「そうか」加門は頷いた。

「だから、切れ者と名高い老中首座様に気に入られたんだな」

「おう、そういうこった。切れるお人は切れる者を見抜くって、な。こりゃ、番頭さんが言ってたことだがよ。まあ、それ以降は昇龍《しょうりゅう》の勢い……てこった」

「へええ、すげえな」

　感心する加門に、左吉は「おう」と頷く。が、やって来る舟に気が付いて、慌てて進み出た。

「おおい、仕事だ、はじめるぞ」

三

雪まじりの雨が降る中、傘をさした加門は小石川の坂を上っていた。

古坂与兵衛から聞いた屋敷が、道の先にあるはずだ。

〈屋敷がわかったぞ、主は土井平九郎《へいくろう》、小普請組というのは真であった。場所は二股を左に進んで、七軒目だ〉

すでに鹿之助の言っていた二十日も過ぎている。
一、二、三、と数えながら加門は進む。
並ぶ屋敷はどれも間口が狭く、門は屋根がなく木を組み合わせただけの質素な冠木《かぶき》門《もん》だ。屋敷の造りは身分によって分けられ、御家人の屋敷は冠木門と定められている。

ここか、と加門は七軒目の前に立った。

小さな両開きの戸は閉められているが、さらに小さな脇戸のほうは開いている。

覗き込むと、庭の木や茂みが見え、屋敷の佇まいも窺えた。が、人影はない。

加門はその場を離れ、来た道を戻って裏へと回り込んだ。

裏には町屋が並んでおり、人々がにぎやかに行き交っている。店も多く、なるほど便利だな、と加門は辺りを見まわした。屋敷の裏口が、ちょうど町に面しているのだ。

辻を曲がった加門は、あっと、足を止めた。

「あっ」と、前からも声が上がった。鹿之助が傘もささずに小走りに駆けてきたのだ。

「やや、宮地先生」

向き合って止まった鹿之助に傘を差し掛け、加門は驚きの顔を作った。

「これは奇遇ですね」

「まったく、こんなところで」

「ああ、わたしは小石川のお薬園《やくえん》に使いに来た帰りなのです」

方便《ほうべん》を使うと、鹿之助は疑うようすもなく頷いた。

「ほう、そうでしたか、我らの屋敷はすぐそこなのです。今、菓子を買いに来たところでしてな。いや、お客人が来るので清蔵に買いに行かせたのですが、子供が食う駄菓子のような物を買ってきたもので、わたしが買い直しに来たというわけです」

手にした小さな包みを持ち上げる。

「そうでしたか、ならばお屋敷まで傘で送りましょう」

加門が微笑むと、鹿之助は裏口を示して歩き出した。

「いや、お恥ずかしい、傘が一本しかありませんでな、今、清蔵がお客人を迎えに行っているので、わたしは傘なし、ということで……」

苦笑しつつ、裏口を開けると、加門を招き入れた。

「せっかくですから、寄って行ってください。茶も淹《い》れますから」

よし、とそっと拳を握りつ、加門は恐縮の面持ちを見せた。

「そうですか、では、お邪魔します」

裏口に近い部屋を目で示して、鹿之助が小声で言う。

「こちら側に土井様がお住まいでしてな、我らは表を借りているのです」

「へえ、そうなのですか」

ちらりとそちらを見ると、障子の向こうに人影が動いた。

庭は思ったよりも広く、小さな池も作られている。

「さ、こちらから上がりましょう」

庭に面した廊下から上がり、鹿之助は表に近い部屋の障子を開けた。

「ここがわたしの部屋です。もとは大きなひと間だったのですがな、男四人でひと間はどうかと、小さく区切って襖を入れたのです、ささ、どうぞ」

差し出された敷物に座った加門に、鹿之助は身をかがめた。

「隣が殿のお部屋でしてな、お客人がやって来るので、わたしは対応せねばならん。

しばらくこちらでお待ちください」

「はい、どうぞおかまいなく、庭を見ていますから」

笑顔で頷く加門に、鹿之助は会釈をして出て行った。その足音が隣の部屋に入って行く。

「殿、よい菓子がありましたぞ」

聞こえてくる声に、加門はしめた、と身を襖に寄せた。

二人のやりとりが伝わってくる。

そこに別の声と音が加わった。

「殿、お連れいたしました」

勝田清蔵の声だ。

それに続いて足音がもう一つ加わり、膝を着く音に変わった。大柄な者であるのが、その音から察せられる。続いて大きな声が響いた。

「お初にお目にかかります。わたしは佐賀町《さがちょう》で穀物商を営んでおります大島屋喜平《おおしまやきへい》と申します」

「わたしは河辺鹿之助、こちらが丹波次郎様です」

鹿之助の声に、次郎が続ける。

「よくおいでくださった」

衣擦れや物の音で、鹿之助が茶を淹れているのがわかる。

「ま、どうぞ」

「これは恐縮、いただきます」

喜平が茶をすする音が洩れた。

「いや、お噂には聞いていましたが、次郎様は真にご立派な……まるで、さる高貴のお方のようですな」

喜平の言葉に、勝田清蔵が咳を払った。

「やはり血は争えぬということでしょう」

ほうほう、と喜平の相槌《あいづち》が襖越しに伝わる。

「次郎様のお生まれは紀州と聞いておりますが」

「いや、正しくは、生まれは丹波です。母の家が紀州の武家でしてな、我が母は和歌山城に奥女中として上がり、殿のご寵愛を受けたのです」

「おう、やはりそうでしたか」

喜平の震えるような声に、次郎の声も低くなる。

「うむ、だが、お城には御側室が幾人もおられたそうで、懐妊を知られればどうなるかわからない……ゆえに恐ろしさを感じた。そう母上は申しておりました」

「ほうほう、御大家でよく聞く話ですな」

喜平の頷きが見てとれるようだ。

加門は息をひそめて、じっと耳を傾ける。

「そこで、我が母上は城を辞し、家へと戻ったものの、事が事だけに油断はできぬ、となて、祖父が母を丹波の親類へと送った、というわけです」

「ははぁ、なるほど」

そこに鹿之助が咳払いをした。

「わたしは西国の生まれゆえ、丹波もよう知っておりますがな、ただの山奥というわけでありません。京や大坂と接しておりますから、古来より、多くの大名が文物を持ち込み、栄えさせてきたのです」

「そうですか……いや、次郎様の品格を拝見すれば、それも頷けます」

喜平の声がだんだんと上調子になってくる。

鹿之助は西国や京のことなどを、誇らしげに話す。

相槌を打つ喜平は、声の調子を改めた。

「ところで、もうお父上様にはお目通りをなさったので」

鹿之助の呟が響く。

清蔵の声が割って入った。

「いや、それは正月になろうかと」

「うむ、めでたき正月こそが相応《ふさわ》しいと思うております」

鹿之助が続ける。

なるほど、と喜平のつぶやきが漏れ聞こえた。

「いや、お目にかかって、手前どもも気持ちが大きくなりました。うちの大島屋はわたしがはじめたものですから、まだまだ大店には及びません。ですがゆくゆくは店を大きくしたいと思っております。上のお方はお天道様のようなもの。高間伝兵衛様のように、とまでは申しませんが、お引き立ていただければ陽を浴びて、若芽もぐんぐんと伸びるに違いありません」

「ほう、なるほど」鹿之助の声だ。

「大島屋殿はなかなか才知がおありのようですな。いかがです、殿」

「うむ、わしもこの先、いろいろと仕事をせねばならぬ。町方の力も要りようになろう。懇意《こんい》にしようぞ」

次郎の重々しい声に、喜平が低頭したのが気配でわかった。

「ははぁ、ありがたいことで……あのう、つきましては……」

喜平の声がうわずる。

「実は、噂に聞いたのですが、次郎様は葵の御紋のついた物をお持ちだそうですが……」

「ふむ、あれか」

素っ気ない次郎の言葉に、喜平の声がさらに揺れる。

「そのう、それを……手前どもに見せていただくわけには参りませんでしょうか」

ひととき、しんと静まったのち、清蔵の声が上がった。

「よろしいのではないですか。大島屋殿は佐賀町でも信頼の置ける方、という評判でした」

なるほど、と加門は得心した。どうやら勝田清蔵が、次郎と対面させる相手を探してくるらしい。

「そうだのう、では、鹿之助、ここへ」

次郎の声に、鹿之助が動く。横の棚を開けているらしい。

静かなのは、包んだ布を解いているのだろう。

やや間を置いて、

「さ、ご覧くだされ」

鹿之助が言う。

「あ、触れてはなりませんよ」

清蔵の声が上がった。

ほう、と微かに息づかいが聞こえる。喜平に違いない。

「確かに葵の御紋、見事な物ですな」

なんだ、と加門は眉間を狭めた。どのような物なのか、見当がつかない。

「それは」次郎の声だ。

「母上が賜《たまわ》った物だ」

加門は唾を呑みそうになる。上様が下された物だというのか……。

「もうよいですかな」

鹿之助が動くのがわかった。その物をしまっているのが察せられる。

「いや、これはこれは」喜平の声音が明るくなった。

「ありがたい物を見せていただきました」

衣擦れの音。

「そうそう、これを持参していたのです」

なにかが畳の上に置かれた。小さいが重い物だ。

「ご挨拶代わりにお納めください」

おそらく小判だろう、と加門は察する。

小声のやりとりが交わされ、喜平の立ち上がる音がした。

清蔵もそれに続くのがわかる。見送るのに違いない。

加門は静かに襖から離れた。そのまま、喜平の姿を見られるかもしれない、と廊下に寄る。と、はっとして身を引いた。

廊下に木野左右衛門が端座している。対面していた部屋と庭のあいだで、おそらく人が近寄らないか見張っていたのだろう。

加門はそっと退くと、最初に座った所に戻る。鹿之助の足音が近づいて来るのが聞こえてきた。


小石川からの坂を下りながら、加門は傘越しに空を見上げた。空からは水気の多い牡丹雪《ぼたんゆき》が、間断なく落ちてくる。すでに辺りは暗い。

今日は御用屋敷に泊まろう……。加門は実家へと方向を変えた。

「まあまあ、加門、こんなに濡れて」

迎えに出た母は、慌てて手拭いを何本も持って来た。

「大丈夫です、急ですみませんが、今夜は泊めてください」

「ええ、ええ、そうなさい、自分の家なのですから、いつでも泊まればよいのです。

まあ、そうとなれば……加門、なにが食べたいですか」

「なんでもいいです」

「まあ、なんでもよい、というのはどうでもよい、というのと同じですよ」

いや、と加門は苦笑する。

「母上の作るものはなんでもうまい、ということです」

「あら」母は笑顔になる。

「では、高野豆腐《こうやどうふ》でも煮ることにしましょう」

いそいそと台所に向かう。

上がり框《がまち》で手拭いを使っていると、父が廊下をやって来た。

「やっと来たか。古坂殿の所には行くくせに、うちは素通りばかりしおって」

「すみません、なにかと忙しくて」

「ふむ、濡《ぬ》れ鼠《ねずみ》ではないか、早く着替えて奥に来い」

笑顔のない父に、加門は「はい」と頷く。自室で着物を替えると、父の命《めい》に従って、足早に奥へと向かった。

「父上、入ります」

懐手《ふところで》をした父の前に、加門は神妙に座る。なにか、怒っているのか……。

顔を窺っていると、父は眉を寄せて口を開いた。

「わたしの決断が遅すぎた」

「は……なんのことですか」

「そなたに家督を譲るのはいろいろと考えてのこと、と申したであろう。そのいろいろのうちの一つだ」

「どういうことでしょうか」

首を傾げる息子に、父は大きく溜息を吐《つ》いた。

「吉川家の栄次郎が、村垣家の千秋と縁組みしたい、と申し入れたのだ」

は、と加門は口開く。

「縁組み、ですか」

「そうだ、栄次郎は千秋を妻にと望んでいるのだ」

加門は口を閉じられないまま、もごもごと動かす。

「妻……」

「そうだ、もともと栄次郎が千秋を好いているのはわかっていた、子供の頃からな。そなたは気づかなかったか」

　加門は眉を寄せる。

「あの二人は兄妹のようでしたし……わたしはお役目が忙しく……」

「やはりそうか。そもそもそなたはお役目大事で、そちらのほうは疎《うと》いからな」

　呆然《ぼうぜん》としていた加門の顔が、だんだんと強《こわ》ばってくるのを見て、父は首を振った。

「家督を継げば妻を娶らねばならん。ゆえにこの辺でと思ったのだが、それがすでに遅すぎた。いや、これはわたしの失態だ。栄次郎はあきらめているものだと、勝手に思い込んでいたのだ。父の不覚である、許せ」

　父は上目で息子を見る。

「そ、それは、もう決まったことなのですか」

　膝行する加門に、

「不満か」

　父が問う。

「いや……」加門は顔を伏せる。

「すみません、思ってもみなかった話なので、なんとも……」

そうつぶやきながら、はっと顔を上げた。千秋が話があると言ったのは、このことか……。千秋が栄次郎の妻になる……そう思うと、喉がぐっと締まった。

父は上目のまま、加門を見た。

「まだ、決まってはいない」

「え、そうなのですか」

ああ、と父は顎を上げた。

「実はな、正式に申し入れたものの、村垣家はまだそれを受けてはいない。千秋が考えさせてくれ、と言ったそうだ」

「そう、ですか」

肩の力を抜く加門に、

「だがな」と父は首を振る。

「はい、と答えればそれまでだ。そなたの出方も重要になる」

加門は真顔になった。

「わたしも、その、考えてみます。そちらにはまったく、気がいっていなかったので」

「そうさな」父は懐手をゆっくりと解いた。

「しかし、ぼやぼやしている暇はないぞ。しっかり考えろよ」

加門は黙って頷いた。

四

からりと晴れた空の下で、加門は「よっ」と米俵を持ち上げる。

雨で二日休みだった分、今日はとりわけ荷が多く、朝からずっと休む間のない一日だった。

「この舟で終わりだぞー」

河岸の上で左吉が声を上げる。

最後の米俵が上げられ、皆が大きな息を吐く。寒気の中で、それぞれの息が真っ白になった。

「やれやれ」

「さすがにこたえたな」

「さあ、湯屋だ湯屋だ」

荷揚げ人足達が町へと散じていく。

加門も近くの湯屋に飛び込むと、汗を流し、凍えそうになっていた身体を温めた。

外に出ると、また息が白くなる。

ほう、と肩をすくめながら、家への道を歩き出した。

日本橋の表通りは、寒さにもかかわらず人が多い。人ごみを縫いながら、歩いていた加門は、その足を止めた。前から歩いて来る男に、目が吸い寄せられる。以前、高間伝兵衛の屋敷から出て来た武士だ。同じ供侍を連れて、建ち並ぶ米蔵の前を進んで行く。

道の端に引くと、加門は身体の向きを変えた。

通り過ぎて行った武士のあとを付ける。

羽織の家紋は丸に雀《すずめ》だ。供侍は抱えの家来であろうが、身なりは悪くない。大身とまではいかずとも、それなりの家格に違いない。

武士はやはり高間伝兵衛の屋敷へと入って行った。

加門は空を見上げて、すでに暮れはじめた薄闇を見渡す。

よし、とつぶやいて、蔵のあいだから高間河岸へと出た。川には何艘もの舟が繋がれているが、無人で空《から》のまま揺れている。河岸にももう人はいない。

加門は堀沿いに屋敷の裏へと進んで行く。

黒板塀の裏口で加門は辺りを見まわした。誰もいない。戸を開けると、するりと中へと身を入れた。

広い庭は薄暗い。

その隅でしゃがむと、屋敷を見まわした。南側には庭があり、そこに面した部屋は明るい。客間だろう。

しゃがんだまま、加門は庭の隅を進む。

屋敷の間近に近づくと、素早く廊下の下へと駆け込んだ。

長く続く廊下の下は真っ暗だ。

そっと、客間のほうへと近づいて行く。と、手前で加門は耳をそばだてた。上で人の動く気配がする。

「坂田《さかた》様、本当にこちらのお部屋でよろしいのですか」

「ああ、よい、殿の近くに侍《はべ》るのが務めだ」

「しかし、こちらは用意をしていなかったので寒く……ああいえ、すぐに火鉢をお持ちいたします」

供侍か、と加門は得心して、また膝で進んだ。

板の隙間から、明かりが洩れ、人の声も聞こえてくる。ここが客間だな、と加門は足を止めた。

「さようでございますか」

高間伝兵衛の声だ。

「うむ、仔細は任せると仰せであった」

「それはありがたきこと、安藤《あんどう》様のおかげでございます」

「いや、そのほうの案がよかったのであろう」

武士の名は安藤か……。加門はその名を頭に刻み込む。案とはなんなのだろう……。

「しかし、どこに開くのか、場所は決まっておるのか」

「はい、表通りのお店を使おうかと。去年、空いたのを買いまして、今は大豆屋《だいずや》をやらせておりますが、さっそく閉めるように手配いたします」

「ほう、ぬかりはないな」安藤の声が笑いを含む。

「先代もずいぶんとやり手だったようだが、そのほうもなかなか。いや、上まわりそうだな」

「いえ、とんでもない」伝兵衛の声も笑いになる。

「うちの親父様は運がよかったんでございますよ。なにしろ、あの打ち壊しの折にも、たまたま上総に帰っていたもので、助かりました。ここにいたら、あの狼藉者《ろうぜきもの》達の手にかかって、どんな目に遭っていたかわかりません」

押し寄せた打ち壊しの者は数百人とも二千人とも言われている。米蔵から米を奪い、屋敷に踏み込み、家財などを裏の堀川に投げ込んだという。

加門はその翌日、父に連れられて見に来たことを思い出していた。米蔵も屋敷も、あちらこちらが壊され、形を失った物が散らばっていた。

高間伝兵衛はその後、米を安値で放出した。公儀の厳しい取り締まりもあり、騒動は治まったが、人々の怒りまでもが収まったわけではない。ほどなく建て直された蔵や屋敷の造りを見て、皆は呆れ、顔を歪めた。

「運だけではあるまい」安藤の声だ。

「首座様に片腕のように、用いられたのだ。才覚と度胸が買われたのであろうよ。いや、それはそなたも同じじゃか」

「いえいえ、手前などまだまだ父には及びません。皆様のお引き立てあっての高間伝兵衛でございます」

微かに、畳をする音がした。

「これをお納めください」

小判の包みに違いない。

「うむ」

「それと、こちらを神尾様に」

より重い音が畳をする。箱入りらしい。

「うむ、渡しておこう」

「首座様には、また改めてご挨拶いたしますゆえ」

「ああ、そうしてくれ。首座様はわたしごときが簡単にお目通りできるお方ではないからな。それを思えば、そなたのほうがよほど上だな」

「いえいえ、滅相もない」

冷えた笑いを放ちながら、伝兵衛が手を打った。

「御膳をお持ちしろ」

「はい、ただいま」

廊下の奥から声が上がり、人の動く気配が伝わってきた。

ぱたぱたと足音が続き、障子が開く。

膳が置かれた音が伝わってくる。

「娘らを呼べ」

伝兵衛の声で、新たな足音が響いた。

一人、二人、三人……加門は数える。

やがて三味線《しゃみせん》の音が鳴り、畳を踏む音が響いた。二人が踊りを踊っているのが察せられる。大きな屋敷では、歌舞《かぶ》のうまい町娘を女中として雇い、宴席で客に披露することが多い。

「御酒《ごしゅ》をどうぞ」

若い女の声に、安藤が「うむ」と満足げな唸りを洩らす。

「ああ、これ」伝兵衛の声が上がった。

「坂田様にも御膳をお持ちするのだぞ」

「はい」と若い女の声が返る。

足音が遠ざかり、また戻って来て、今度は頭上を通り過ぎた。坂田の部屋に向かったらしい。

洩れてくる三味線の音や歌声に、加門はそっと向きを変えた。音曲にかき消され、もう話し声を聞くことはできない。

ゆっくりと廊下の下を来たほうに戻る。

と、耳が上に吸い寄せられた。

「お許しを」

女の声だ。

「もったいつけるでない」

荒い坂田の声が洩れてくる。

人の激しい動きが床下にまで響き、それが大きく鳴った。

廊下に足音が移る。

それが加門の頭上を蹴った。

加門の目の前に、人が落ちた。

庭に飛び降りた女が、転んだのだ。

女の顔がこちらを向いている。

目が合う。

と、女の口がゆっくりと開き、声が放たれた。

「きゃあぁっ」

しまった……。加門は外へと飛び出す。

「なんだ」

「なにごとだ」

廊下へ人が出て来る。

「ひ、人が」

女に背中を指さされるのを感じながら、加門は走った。

「捕まえろ」

伝兵衛の声が響く。

「長谷はどうした」

「ここに」

人の走る音が鳴った。

「待て」

うしろから声が追ってくる。

あの用心棒だ……。加門は鋭い目つきを思い出す。

裏口はすぐ目の前だ。

加門は走る。

戸を開けると、河岸へと飛び出した。

「待て」

長谷も出て来る。

河岸沿いに行けば逃げられる……。加門は走る。が、その足が止まった。

黒板塀の脇から、男が飛び出して来たのだ。

手代姿だが、六尺棒《ろくしゃくぼう》を両手に持っている。

棒術《ぼうじゅつ》か……。加門はうしろを振り返った。

長谷がすぐ背後に立っている。すでに刀が抜かれ、右手に握られていた。

薄暗がりの中で、長谷は加門を凝視し、はっと目を見開いた。

「きさま、屋敷を窺っていた人足だな。何者だ」

刀を正眼《せいがん》に構える。

加門はじりりとうしろに下がった。

どうする……。人足として来ていたため、匕首《あいくち》さえも持っていない。いや、なければ調達するのみ……。

加門は手代を横目で見た。と、身をかがめ、手代の元へ転がった。手代の脚に手を伸ばし、飛びかかる。

思い切り引くと、手代は身を弾ませるように、地面に倒れ込んだ。

加門の手が棒を奪う。

「このっ」

起き上がった手代の脇腹を、加門は棒で打つ。

身を折った手代の、肩に打ち込む。
「きさまっ」
背後から長谷が動いた。
加門は身を翻《ひるがえ》して棒を向ける。
剣を振り上げ、突っこんで来る長谷を、六尺棒で受ける。
白刃と棒が交差し、二人が睨み合う。
長谷の剣が離れ、横に回された。
うしろに飛び退き、加門は棒で長谷の腹を突く。
「てめえっ」
うしろから手代の声が上がった。
加門は身をまわして棒を持ち直す。それを下から振るって、手代の脚を払った。
喚《わめ》きとともに、手代が川に落ち、水飛沫《みずしぶき》が上がった。
再び身をまわし、加門は棒を振り上げた。
それを振り下ろし、長谷の腕を棒で打つ。
骨の砕ける音が鳴った。と、手から刀が落ちた。
そこに加門は素早く、飛び込む。刀を拾い上げ、棒を捨てた。

「きさまっ」

長谷は左手で脇差しを抜き、構える。

向き合い、睨み合う。

眼を赤くした長谷が、大声を上げて、地面を蹴った。

刃の先が、加門の喉をめがけて突っこんで来る。

加門は横に身を躱し、剣を下へと回す。そこから、長谷の脇腹へと斬りつけた。

動きの止まった長谷の肩に、もう一太刀を浴びせる。と、身体が大きく傾き、川へと落ちていった。

落ちていく長谷の目が一瞬、加門を捉え、水中に消えた。

「どこだ」

屋敷から声や足音が近づいて来る。

加門は長谷の剣を川へ投げ捨てると、河岸を闇のほうへと走り出した。

もう近づけぬな……。加門は角を曲がりながら、騒ぎ立てる河岸を振り返った。

第五章　御落胤《ごらくいん》の野望

一

小石川の坂を上って、加門は先日訪れた冠木門をくぐった。

「ごめんくだされ」

戸を開けて声をかけると、現れたのは木野左右衛門だった。

「宮地先生でしたか、河辺殿は今、殿と出かけていますが」

「そうですか、では、待たせてください」

返事を待たずに上がり込みながら、加門は手にした小さな包みを掲げた。

「河辺殿に薬をお持ちしたので」

部屋へと入って行く加門に、木野も続きながら、問いを投げた。

「気になっていたのだが、河辺殿はどこかお悪いのか」

「ああ、いえ」腰を下ろしながら、加門は首を振る。

「なにやら大きな仕事がはじまるので、壮健になりたいというお話です」

そうか、とつぶやく木野の顔を、加門はちらりと見た。この男、どのような人物なのだろう……。

「丹波次郎様は大名に取り立てられるそうですね、そうなれば、河辺殿は勘定奉行におなりなのでしょうね」

「そうお聞きか」木野の顔が驚きを示すが、それはすぐに収められた。

「真、そうなれば河辺殿は勘定奉行か、家老であろう。一番早くに家来となられたし、年長で頼りにもなるゆえ」

「なるほど、では、木野殿はどのようなお役に就かれるのですか」

「わたしは……目付《めつけ》役をいただきたいと考えておる。我が家は昔、目付を務めていたと聞いているのでな。だが……」木野の顔が歪んだ。

「そうなれば、の話だ。叶うか叶わぬか、それは賭《かけ》よ」

「賭、ですか」

驚いたように顔を上げる加門に、木野は初めて小さな笑いを見せた。

「ああ、大きな賭だ。河辺殿はあのようなお人柄ゆえ、殿の行く末を信じておるが、傍《はた》から見れば真に叶うのか、危ぶむのが道理であろうな」

へえ、と加門は小首を傾げた。

「では、その賭、勝つか負けるか、まだ見通せないということですか」

「そうさな」木野は上を向く。

「勝てば、望みのまま、しかし、負ければ……終わりだ」

「それは……ずいぶんと潔《いさぎよ》い賭ですね」

「ああ」木野の笑いが大きくなる。

「わたしはもともとなにも持ってはおらぬからな、恐れるものなどない。一生、浪人としてくすぶって生きるよりは、いっそ大きな賭に打って出たほうが、命の甲斐がある。そう腹を括《くく》ったのだ。どう転ぼうが、悔いはない」

どこか歪んだ笑いを見せる木野を、加門はそっと見た。

木野はふっと笑いを収めると、加門に正面から向いた。

「この話はまだ内密のことゆえ、他言はお控え願いたい」

「ええ、承知しております」頷きつつ、加門はぐっと腹に力を込めた。

「ただ、上野の山で、次郎様は公方様の御落胤という噂を聞いたので、いずれ河辺殿に聞いてみたいと思うていたのです」

木野の顔が硬くなる。

「うむ……まあ、それはいずれ明らかになること。今はそれも含めて他言無用、ということでお含みくだされ」

加門は黙って頷いた。

「では、わたしはこれで」木野は立ち上がる。

「師走《しわす》ともなると、いろいろとなすべきことも多いゆえ」

「ええ、わかります」

出て行く木野を見送って、加門はほうと息を吐いた。

賭、という言葉を反芻しながら、加門は木野と鹿之助の顔を思い浮かべた。次郎を信じ切っている鹿之助より、疑いを秘めている木野のほうが、あるいはまともなのかもしれない……。

そう思いを巡らせつつ、鹿之助の部屋を改めて見回した。

障子の前には文机があり、算盤と文箱が載っている。

加門は算盤の珠《たま》に指を触れながら、ずいぶん使い込んでいるな、とそれを撫でた。と、その顔を振り向ける。表で戸の開く音が鳴ったのだ。

「戻りましたぞ」

鹿之助の声だ。

木野の足音がそちらに向かい、交わす声も聞こえてくる。

「うむ、これで充分であろう」

次郎の声も聞こえる。

まもなく、足音がやって来て、障子が開いた。

「や、宮地先生、わざわざお越しとは」

「いえ、ついでがあったので」加門は薬の包みを差し出す。

「これは精気の巡りがよくなる薬です。この先、お忙しくなられるようなので」

「ほう、これはかたじけない」

包みを受け取りながら、やや怪訝《けげん》そうな面持ちを向けた。加門は片目を歪ませて、小さく頷く。

「いえ、先日、ここで少し、お話が耳に入ったので。正月になにか、次郎様がお出ましになるようで……」

「ああ」鹿之助も頷く。

「はい、殿がまた上野の参拝に行かれるのです」

「なるほど、上野ですか」加門は笑顔を作った。

「正月は大名方も徳川家の御廟にお参りするのが倣《なら》い、大名にお取り立てというお方であれば、参らねばなりませんね」

「うむ、まあそういうことです。公方様も毎年、御成《おなり》あそばすそうですな」

こほんと咳をする鹿之助に、加門は頷く。

「ええ、上野は一月九日、芝の増上寺《ぞうじょうじ》には十日に参拝されるのが習わしだそうです」

「ほう、そうですか」鹿之助は首を伸ばす。

「二日続けて御成と……」

「はい」加門は笑顔のまま頷く。

「その行列を見物に行く者もいますよ。江戸勤番《きんばん》になった藩士などは、こぞって出かけていくようです」

「ほうほう、そうですか」

鹿之助は身体を揺らす。その目は宙を見上げており、さまざまに思いを巡らせているようだった。

加門はそれを窺いながら、そうか、と息を呑み込んだ。そういう狙いか……。

「いやいや」鹿之助の目が加門に戻った。

「まあ、それゆえに着物を買いに出ていたのです。正月ともなれば、着物もそれなりに調えねばなりませんからな」

「ああ、それはそうですね。皆、正月に向けて、用意をはじめているようで」

「うむ、古着屋に行ったところ……」

鹿之助は見てきた町のようすを話し出す。

相槌を打つ加門に、鹿之助の舌は止まらない。

そこに「河辺殿」と廊下から声がかかった。

「うむ、開けてよいぞ」

鹿之助の返事に、障子が開く。

二人の男が、箱や風呂敷包《ふろしきづつ》みを横に置いて、かしこまっていた。

誰だ、と加門は素早く盗み見る。浪人ふうだ。一人は三十過ぎだろうが、もう一人は二十歳そこそこだろう。

「この荷物はどこに置きましょうか」

一人が尋ねると、

「ああ、そうさな、とりあえず納戸に入れておいてくだされ」

鹿之助が手で奥を示した。

「はい」

二人は荷物を抱えて、立ち上がった。その目がつかの間、加門を捉え、加門の上目と合った。が、どちらもすぐに逸らす。

廊下を遠ざかって行く足音を聞きながら、加門は鹿之助に向いた。

「あのお二人は、新しいお仲間ですか」

「うむ、家来にしてくれと、やって来ましてな」鹿之助は顎をしゃくる。

「年嵩《としかさ》のほうは森口太一《もりぐちたいち》というて、剣術指南役をやりたいというてきたのです。剣の腕を見せてくれたのですが、まあ、なかなかの腕。なので、殿が取り立てたのです」

「へえ、それは心強いですね。しかし、もう一人はずいぶんと若いようですが」

「ああ、あれは三田源之丞《みたげんのじょう》と言って、若いながらに朱子学《しゅしがく》を修めているというので、殿がお気に召したようです」

「へえ、朱子学とは……」

加門は感心してみせる。それと同時に、加門はずっと隣の部屋に耳を向けていた。次郎の部屋から襖越しに、大きな衣擦れの音が聞こえていたからだ。ばさばさと着物を脱ぎ捨て、新たな着物を着ていることが音から察せられた。

「鹿之助」

その部屋から声が起きた。

「はい」

「襖を開けるぞ」

言葉と同時に、襖がからりと開いた。

「どうだ」

羽織袴の姿で、次郎がぬっと立つ。

明るい青色の羽織に家紋はない。が、いかにも物はよさそうだ。

「ほう、やはりお似合いですぞ」

見上げる鹿之助に、

「そうか」

と、次郎は笑顔になる。

加門も向きを変えると、六尺の身体を見上げた。

「風格がおありだから、鮮やかな色が映えますね」

にこりと笑んだ加門に、

「ほう、そうか」次郎は笑みを返す。

「母上もこの姿を見れば喜んだであろうに」

その少し曇った顔を見上げて、加門は、

「お母上はお亡くなりになられたのですか」

と、問う。

うむ、と次郎は伏し目になった。

「わしが十七のときに、亡《の》うなられた。いつか、ともに父上にお目通りをしようと、ずっと話しておったのだがな」

加門は唾を呑み込む。

「では、次郎様はお父上にはお目にかかったことがないのですか」

「ああ、まだない」次郎は首を振った。

「だが、わしは父上にそっくりだと、母上はいつも申していた。会えば、すぐにわかるはず、とな。母もお目通りすれば、ちゃんと思い出していただけただろうに」

いかにも残念そうな次郎の面持ちを、加門は見つめた。もしかしたら、会うことそのものが、望みなのだろうか……。

「お会いになられたあとは、また丹波に戻られるのですか」

「いや」次郎は顔を上げる。

「わしは父上の御側に置いていただけるよう、お願いする。立派な家を興して、父上の仕事を手伝わせていただくのだ」

次郎は胸元で拳を握った。

「そうですとも」鹿之助がいくども首を振る。

「殿ならば、必ず立派な御家を興せますとも」

加門は黙って二人を見比べた。

「よし」次郎は拳をさらに持ち上げると、大きな身体を回した。

「この決意、報告せねばならん。伝通院に参ってこよう」

大きな足音を立てて、戸口へと向かった。

伝通院には、家康の母お大《だい》の方や千姫《せんひめ》の墓など、徳川家の廟が数基祀られている。

戸の閉まる音を聞きつつ、加門は喉の奥でつぶやいた。御落胤というのは、母君が言ったのだな……それをそのまま信じている……裏があるのかないのか、摑みきれないお人だ……。

加門は隣の鹿之助を横目で捉え、息を吸い込んだ。

膝を回して向き直ると、

「次郎様は公方様の御落胤だという噂を聞きましたが」

そう問いかけて、正面から見つめた。

鹿之助はぐっと喉を詰まらせる。が、意を決したように頷いた。

「うむ、さよう」

「やはりそうでしたか。六尺の背丈が同じだという話も聞きました」

「おお、そうでしたか。わしも公方様は六尺あると聞き、間違いないと……あの風格といい、常人ではないと思うたのです」

胸を張る鹿之助に、加門が頷く。

「それならば、大名どころではありませんね」

「うむ、まさしく。公方様に認めていただければ、城に住むことになりましょうや」

「お城ですか」

「ああ、公方様は次男と三男、それぞれに城の中に屋敷を与え、住まわせていると聞いている。ご存じですかな」

「ええ、次男の宗武様は田安屋敷、三男の宗尹様は一橋屋敷を賜って、内濠の中に暮らしていると聞いています」

うむ、と鹿之助は膝行して、間合いを縮めた。

「それは、家康公が作られた御三家に倣ってのことだという話でしてな、聞いたことがおありか」

「御三家ですか」

「そうよ。家康公は徳川家を絶やさぬために、尾張、紀伊、水戸《みと》の御三家を興された。たとえ本家に跡継ぎが生まれなくとも、御三家のなかから養子を迎えることができる。実際、そうして将軍の座が継がれてきたのは確か。それと同じことを、吉宗公はしようとなさっていると、わしは聞きましてな」

「なるほど」

加門は強《こわ》ばりそうな頬を弛めて、頷く。確かに、吉宗のその思惑は、城中の誰もが知っている。

「そうなると」鹿之助の声がかすれた。

「あと一つ、御家が残されておる、というわけです」

加門はこらえきれずに唾を呑み込む。

そうか、そのもう一家を狙っているのか……。

「それは」加門の声もやはりかすれた。

「大きな話ですね」

ん、と鹿之助は黙って頷いた。

そういうことか……。胸中で独りごちながら、加門は小さく振り向いた。

廊下に動く気配が感じられる。

目を向けると、障子の向こうを、そっと離れて行く影があった。森口太一か……。

加門はその影を目で追った。

二

日本橋の通りを加門はゆっくりと歩く。

高間伝兵衛の言っていた大豆屋とはどこのことなのか。左右の店を覗きながら、道を進む。と、その足が止まった。

大豆高間屋と書かれた立て看板が、屋根に乗っている。が、それに手を伸ばして、男達が外《はず》そうとしているのだ。

前に行き、横目で中を覗く。

店の中は片付けられて、すでに大豆は売られていない。

数人の男達が次々に荷物を運び出しており、中は空いていく。その男達のなかに、見知った姿があった。荷揚げを指図していた左吉だ。

加門はそっと、その場を離れた。

ここでなにかをはじめようとしているのだ。加門は振り返ると、道を逸《そ》れた。とにかく場所はわかった、今日はここまでだ……。

加門は外桜田の御用屋敷に向かった。

御用屋敷の内へ入ると、それまで勢いのあった加門の脚が緩くなった。

目指すのは村垣家だ。

その屋根が見えて来ると、加門は立ち止まった。胸の内の動悸《どうき》を感じて、大きく息を吸う。

よし、と拳を握って、また足を進める。

高まる動悸を抑えて、加門は戸口に立つ。が、すぐに向きを変えて、庭へとまわり込んだ。

陽の差し込む廊下は、障子が閉められている。が、どの障子が千秋の部屋かはわかっていた。

「千秋殿」

加門は抑えた声を投げる。

握った拳に汗を感じて、加門は手を広げた。

「千秋殿、おられますか」

再び出した声と、障子の開く音が重なった。

姿を見せた千秋は加門を見て、にこりと笑った。

「まあ、お久しぶりですね」

言葉を探しつつ眉を寄せて、加門は歩み寄る。

「お話しできますか、その……」

ええ、と千秋は横にずれ、廊下から沓脱石《くつぬぎいし》の草履《ぞうり》を履《は》いて、庭へと下りてきた。

村垣家の庭は植え込みが多く、大きな松もある。千秋は加門を振り返りながら、そちらへと歩いて行く。

ついて歩きながら、加門は小さく頭を下げた。

「先日はすみません、話を聞けなくて」

「ああ」千秋はくるりと向き直ると、加門を見上げた。

「あの話は、もうよいのです」

え、と加門はまた拳を握る。

「よい、とは……話は、栄次郎との婚姻《こんいん》の件ではないのですか」

「そうです」千秋は微笑んで頷く。

「なれど、よくよく考えてみれば、わたくしのことなのですから、わたくしが決めればよいこと。そう気がついたのです」

「決めるとは……では、もう決まったということですか」

図らずも声がかすれ、加門は咳を払う。

千秋は笑みを広げると、頷いた。

「はい、決めました」

「もう……伝えたのですか」

唾を呑み込む音が、抑えられない。千秋はそれに気づいて、肩をすくめた。

「決めたといっても、一昨日、心を定めばかりなので、まだ、誰にも話してはおりません」

加門は言葉を探して、口を動かす。

千秋は笑顔のまま、身体を半分ひねった。

「わたくしなりにずいぶんと考えて、眠れないこともありました」

わたしも、と言いかけて、加門はその言葉を呑み込んだ。もう決めてしまったのなら、なにを言っても遅すぎるのではないか……。そう考えると、言葉にならない。

千秋は身体をまわしながら、空を見上げる。

「考えて、わたくしには二つの道があると、思ったのです」

「二つ……」まだ、遅くはないのか……。加門は千秋を見つめる。

「どういう道ですか」

「一つは……」千秋は加門に向き直った。

「大奥へ上がる道です」

「お、大奥……」

「ええ、お逸の方様は気が変わったらいつでもおいでなさい、と仰せでしたから」

西の丸のお逸の方は、千秋のことが気に入り、奥女中になって付いてほしいと、正式に申し入れたほどだった。

「お逸の方様はご懐妊で、もうすぐ御子もお生まれなのでしょう。味方が増えれば、少しは心強いかもしれませんもの」

「そ、それは、しかし……」

思ってもいなかった答えに、加門は眉を寄せる。が、すぐに刻まれたしわが消えていった。

「ということは、栄次郎と夫婦になる気はない、ということですか」

加門の問いに、千秋はふふふと笑う。

「もう一つの道も聞いてください。本当はその道が、わたくしの望むほうなのです」

きっぱりと加門を見上げる千秋に、加門も正面から見返した。

「どういう道ですか」

「わたくし……加門様の妻になりとうございます」

真っ直ぐな目に、加門の目が捉えられる。

そのまま、互いの目線が一本になった。

加門は、口をゆっくりと開ける。と、千秋がそれを遮るように言った。

「もちろん、加門様がおいやであれば、きっぱりとあきらめます。あきらめることも含めての道ですから」

千秋の姿勢は揺らがない。

直立したままの加門は、ふっと息を吐いた。張り詰めていた背中を丸め、大きな溜息を吐く。と、その背中を真っ直ぐに立て直す。

「では、わたしの妻になってください」

「はい」

間髪《かんはつ》を入れずに、千秋が頷く。

千秋はそのまま身体を折って、笑い出した。

上げた顔にはうっすらと涙がにじんでいる。

「ああ、よかった、本当は怖かったのです、言うのが」

言いつつも、笑いは止まらない。

加門もそれに引き込まれ、笑いを放つ。

「わたしも心配でした、栄次郎のほうがよい、と言われたらどうしようかと」

互いの笑いが重なる。

千秋は目元を抑えながら、加門を見た。

「なれど、本当によいのですか。わたくしはずっと加門様をお慕いしてきましたけれど、加門様はわたくしを女《おなご》として見ておられなかったでしょう」

ぐっと加門は詰まる。

「いや……ですが、栄次郎との話を聞いて、わかりました。千秋殿がほかの男の妻になると考えたら、なんというか……止めたくなったのです」

まあ、と千秋はまた目元を抑える。

「よかった……はしたないことと迷いはしたのですけど、思い切って言った甲斐がありました」

「はしたない……」加門は吹き出しそうになる口をぐっと閉じた。

「これまでの千秋殿の活躍を考えれば、この程度のこと、はしたないうちには入らぬでしょう」

千秋は変化《へんげ》もうまいし、武具も使いこなす。

「まっ」千秋の眼が開く。

「でも、それはそうですわね」

再び笑い出す千秋に、加門は真顔になった。

「千秋殿を妻にほしい、と正式に申し入れます」

「はい」千秋が微笑む。

「なれど、今はお忙しいのでしょう。お役目が終わってからになさってください。わたくしはきちんとあちらのお話をお断りをして、加門様を待っていますから」

毅然と顎を上げて、千秋は微笑む。

「かたじけない」

加門はぺこりと頭を下げる。

「あら、よいのです、お役目のことは大体わかっておりますから」

「いや、それだけではなく……わたしがもっと早くに心を決めておれば、などを含めた色々です」

「まあ、なれど、こうならねば、お心がわからなかったのでしょう」

「ううむ、まあ、それは確かに」

頭を掻く加門に、千秋は笑い出す。

「そういう色々も、もう結構です。わたくしは今、とてもうれしいので、なにも気になりません。加門様はどうぞ、お役目にお戻りくださいな」

そう言って背を押す千秋に従い、加門は向きを変える。

「さっ」

千秋にぽんと押されると、加門は、

「はい、では」

と、笑んで頷き、門に向けて歩き出した。

三

神田の朝の賑わいが窓越しに響いてくる。

加門は顔に感じる冷気に、布団を肩まで引き上げた。

いや、起きろ、と自分に言い聞かせつつ、出られない。と、そこに、

「加門、いるか」

戸を叩く音とともに、声が上がった。意次の声だ。

「おう、いるぞ」

慌てて飛び起き、戸口に駆け寄る。

戸を開けると、意次が白い息を吐いて、寝間着姿の加門を見て苦笑した。

「寝てたのか、すまんな」

「いや」

苦笑を返して、加門は意次を招き入れる。

「宿直《とのい》明けか」

着替えをしながら、加門は顔を向ける。

「そうだ」

意次は勝手に火鉢の火種を掘り熾《おこ》して、炭を入れている。薬罐《やかん》に水を入れると、それを五徳《ごとく》の上に置いた。

布団を上げた加門が火鉢を挟んで向き合うと、それを待っていた意次は、抑えた声でささやいた。

「昨日、聞いたのだがな、首座様が米吟味所《こめぎんみしょ》を開かせたそうだ」

「米吟味所、なんだそれは」

「なんでも江戸中の米問屋を組織して動くらしい。指揮を執るのは高間伝兵衛であろうな」

「なにをするんだ」

「わからん」首を振って、意次は肩まで竦めた。

「しかし、吟味というからには、米を品定めでもするのかもしれんな」

「蔵米《くらまい》のようにか」

加門も首を傾げる。

公儀が税として集め、米蔵に納めておく米は蔵米と呼ばれる。蔵米は出来栄《できば》えによって上米、中上米、中米、中次米という四つの等級に分けられる。等級は身分に比例し、高位の者から上米、中上米が割り当てられ、並みの者は中米、無役の者が中次米を受け取ることになる。さらに等級外の下米もあるが、これは蔵米には入れられない。

蔵米とは別に、市中の米は納屋米《なやまい》と呼ばれる。町の米問屋が各地から買い集め、町で売る米だ。

意次は腕を組んだ。

「大坂から大量の米を買ったからな、江戸は米で溢れているわけだ」

「ああ、高間伝兵衛の米蔵だけでも、万石の納屋米がある……」加門はあっと声を上げた。

「そうか、それだ」

身をひねって、『御役武鑑《おやくぶかん》』を引き寄せると、それを開いた。公儀の役人のほとんどが網羅《もうら》されている名簿だ。町の書肆《しょし》が出している物だが、役職から名前、家紋や屋敷の場所までが記されている。

「これだ」加門は開いた部分を意次に差し出す。

「高間伝兵衛の屋敷に出入りしている武士を、このあいだ探ったのだが、安藤という名でな、調べたら、いたのだ。勘定奉行所の役人で、安藤勝馬《かつま》……家紋も同じだから間違いない。高間伝兵衛はなにかを頼んだようすだった……」

加門はその折の状況を話す。

「なるほど」意次は顎を押さえた。

「米吟味所は首座様の命《めい》によるものだが、勘定奉行支配だ。この件、首座様から下りたのではなく、高間伝兵衛から上がった案だったのだな」

「うむ、これで腑に落ちた。その米吟味所、高間伝兵衛の日本橋の店を使おうというのだろう。先日、行ったら、大豆屋を片付けていたからな」

「そうか、勘定奉行所に米は持ち込めないからな」

「ああ、日本橋なら米蔵だらけだ」

よし、と意次が立ち上がる。

「そこに行こう」

「今からか」

「ああ、今日から開くらしい。勘定奉行の神尾春央様も見に行くという話だ。高間伝兵衛も来るかもしれぬだろう、ようすを見てみたい」

「そうか、では行くか」

加門も、立ち上がり、羽織を手に取った。


日本橋の通りは、師走《しわす》の賑わいで普段以上に人が多い。

その人波のあいだから見えてきた店を指さして、加門は、

「あれだ」

とささやく。

暖簾や看板のあった大豆屋の面影はすでになく、番屋のような重々しい構えに変えられている。

すでに大きな荷物は運ばれたあとなのだろう、下級役人らが己の荷物を抱えて入って行く。中間や小者《こもの》も、忙しそうに出入りしている。

加門は出入りする男達のなかに、見知った一人を認めた。片付けにも来ていた高間伝兵衛の手代、左吉だ。役所とはいえ、米を扱うことから、下働きとしてまわされたのだろう。

加門がその姿を見ていると、左吉の顔がこちらを向いた。が、加門はあえてそむけることもせずにいた。思ったとおり、左吉は加門が荷揚げ人足の寅七とは気づかずに、中へと入って行く。

やはり姿が変われば、わからないものだな……。加門は口元を弛ませた。

二人はゆっくりとその前を通り過ぎ、中を覗った。戸が開けられると、少し内側が見えるが、奥を見通せないように、衝立《ついたて》が立てられている。

「なかなか用心深いな」

意次のつぶやきに、加門は目で頷く。

「ああ、だが、一人、知っている男がいた」

「そうなのか」

ああ、と加門は荷揚げの指揮をしていた左吉のことを話す。

「そうか、手代を送り込むとは、やはり米吟味所は高間伝兵衛の手の内、ということだな。ゆえに勝手放題できるのだろう」

「うむ」

二人は町を抜けて、辻を曲がった。

「勘定奉行は本当に来るつもりなのか」

振り返る加門に、意次も続く。

「来ると思うがな、少し時を潰してから戻ってみるか」

ああ、と加門は道を曲がる。

「向こうに飯屋がある。話もできるし、暖かい」

いいな、と意次も付いて来る。

飯屋は早いせいか、まだほとんど客はいない。小上がりの片隅で、二人は熱い豆腐汁を啜《すす》る。

箸を置くと、加門は小声で首を伸ばした。

「例の一味のことだが……」

新しい屋敷のことや、知り得たことを話す。

「なんと」意次も抑えた声で返す。

「お城に入り込もうと考えているのか」

「ああ、おそらくな」

眉を寄せる加門に、ううむ、と意次は唸る。

「確かに、上様は御三家と並ぶ御家を興そうとお考えなのであろう。しかし、そこに食い込もうなどと……」

「うむ、野心の大きさにわたしも驚いた」

顔を歪める加門に、意次はそっと身体を寄せた。

「上様に認めてもらえると、自信があるのだな。だが、会わねばはじまらぬ話、どうやって目通りをするつもりなのだ」

「それなのだ」加門も身を傾ける。

「これはわたしの推察だが、おそらく正月の上野か芝への御成行列で、上様の前に名乗り出ようと画策しているのだと思う」

「御成行列か、確かに好機といえば好機……だが、下手《へた》をすればお手討ちだ。その辺りの覚悟はあるのか」

「いや、まあ、それはまだわたしの推測にしか過ぎぬゆえ、もう少し、探ってみようと思っている」

「そうだな、わたしもまだ西の丸には秘しておこう」意次が頷く。

「さて、もう一度、米吟味所に行ってみるか」

二人は立ち上がった。

陽が中天《ちゅうてん》に上り、暖かさの増した日本橋の道には人出が増えていた。

米吟味所に近づくと、二人ははっと目を見交わした。

前に乗り物が止まっている。それも二台だ。

二人は供侍らが囲んでいる乗り物に、そっと近寄る。

米吟味所の中から人が出て来る。と、供の者らが礼をした。

加門は息を呑んだ。

男は明るい陽の下に姿を晒す。

老中首座松平乗邑だ。

どうする、と加門は拳を握る。隣の意次からも狼狽が伝わってくる。が、皆がかしこまるなか、動けば却《かえ》って目立つ。

顔を伏せようとしたそのとき、乗邑の目がこちらを捉えた、
乗り物に向かっていた足が止まる。

「そのほう」乗邑が向きを変え、加門に一歩、近づいた。

「宮地加門ではないか……このような所で会うとはのう」

歪めた小さな笑いを浮かべた乗邑は、隣の意次に目を向けた。

「おや……そのほうは確か、西の丸の小姓……」

意次が礼をする。

「田沼意次でござりまする」

ふん、と乗邑の息の音が鼻から洩れる。

「そのほうら、知己《ちき》であったか」

そう言って、顔を上げる乗邑の背後から、人影が進み出る。

神尾春央だ。それに続いて、高間伝兵衛も脇から覗き込んだ。

「首座様、なにか」

乗邑は二人をもう一瞥《いちべつ》すると、

「いや」

くるりと踵を返した。

そのまま乗り物に乗り込むと、中から「出せ」という声が響いた。

漆塗《うるしぬ》りの乗り物が担ぎ上げられ、ゆっくりと進み出す。

神尾春央が、それに向かって礼をする。

そのうしろの高間伝兵衛は、深々と頭を下げた。

加門と意次は、見交わして、数歩退く。

城の方角へと去って行く乗邑の乗り物を、二人はじっと見送った。

四

小石川の坂を上ると、加門は町を抜けた。

土井家の屋敷の裏口を目指す。

表から入れば、一味の誰かと顔を合わせることになるだろう。顔を合わせる前に、そっとようすを窺おうと考えていた。

裏の戸を開けて、身を滑り込ませる。が、すぐにはっとして足を止めた。屋敷の勝手口から人が出て来たのだ。着流し姿だが、主の土井平九郎に違いない。

「あ、これは……」加門はかしこまる。

「ご無礼を、わたしは……」

「ああ、よいのです」土井が手を上げる。

「表のお客人ですな、どうぞ、お通りください」

柔和に頷くと、土井はぶらぶらと裏口から出て行った。

それを見送って、加門は改めて裏庭を進んだ。

表に近づくと、庭で動く人影を認めて、加門は茂みに身を寄せた。

新たに入った浪人の三田源之丞が、布団を抱えて庭を歩いている。張られた竹竿《たけざお》にすでに布団が掛けられていることから、布団干しを命じられたのだろう。

廊下に清蔵が出て来た。

「おい、源之丞」

清蔵が声をかけるが、源之丞はそれに応じず、布団を掛けている。

「源之丞っ」

高まった声に、源之丞ははっとして振り向いた。

あっと加門は息を呑む。三田源之丞は偽名だ……。

「はい」

源之丞が廊下に駆け寄ると、清蔵は胸を張って、手を上げた。

「殿の布団を掛け終えたら、我らの分も干しておけ」

そうか、と加門は得心する。これまで最も若かった清蔵だが、さらに若い新入りを得たことで、威張り放題なのだろう……。

「しかし、竿がもう……」

振り返る源之丞に、清蔵は廊下を蹴る。

「ここに並べればいいだろう、頭を使え」

「はい」と源之丞は項垂れる。

なるほど、と加門は腑に落ちる。おまけに清蔵は、その新入りが学問を修めている、ということが癇《かん》に障っているらしい……。

清蔵は胸を張ったまま、奥へと戻って行った。源之丞も、廊下から座敷へと上がる。

加門は屋敷に近寄りながら、表へと足を進めた。

屋敷の内から算盤をはじく音が聞こえてくる。鹿之助がなにやら勘定をしているのだろう。

「いえ、なんとかなりましょう」

鹿之助の声に、

「ふうむ」次郎が答える。

「そなたがそう言うのであればよいが、金はあるに越したことはないぞ。まもなく正月だ」

「それは確かに……しかし、金は縛りにもなりますゆえ。人は金を出せば口も出したくなるもの。危うきに近寄らず、とも申します」

「ふむ、それもしかり、か。まあよい、そなたに任せる」

次郎の動く気配がし、障子が開いた。

加門は近寄って行って、礼をする。

「おお、宮地先生か」

次郎の声に、鹿之助も姿を見せた。

「やや、お越しか」

「はい、近くに来たもので」

「いや、ちょうどよかった、上がってくだされ」

鹿之助が手で招く。

次郎は、

「うむ、ごゆるりと、わしは伝通院に参るゆえ」

鷹揚に頷いて、表口へと歩いて行った。

「ささ、どうぞ」

鹿之助の勧めのままに、加門が上がる。

「お尋ねしたいことがあったのです」

鹿之助はすぐさま口を開いた。

「はい、なんでしょう」

「実は、殿が高間伝兵衛に会ってみてはどうか、と言うのです」

「伝兵衛に会う……」ああ、そうか、と加門は手を打った。

「出資を募るということですか」

「うむ、まあ……そのような……しかし、わたしは一人儲けをしている伝兵衛のやり口は、世の道理に悖《もと》ると思うておりますのでな、正直、反対なのです」

顔をしかめる鹿之助に、加門は大きく頷く。

「ええ、そのお気持ちはわかります」

「そうですか、ああ、よかった」鹿之助は面持ちを弛める。

「いや、うちの清蔵などは金にきれいも汚いもない、算盤で弾けば同じではないか、などと申すのです。まあ、それも誤りとは言えぬし、金はなくては困る。ですが、高間伝兵衛の米蔵や屋敷を見ると、あまりにも道から外れているように思えまして、そのような金を使えば、殿の名にも傷がつくのではないかと」

鹿之助の真剣な眼差しに、加門も真顔で頷いた。

「はい、それはやめられたほうがよいかと。高間伝兵衛は常人が渡り合える相手ではありません。江戸ではさまざまな話が伝わっていますから、そのくらいはわたしでも判断できます」

「やはり、そうですか」鹿之助は安堵の面持ちになった。

「いや、では殿にも申します」

鹿之助はぽんとぽんと膝を打つ。

それに頷きながらも、加門の耳は庭に向いていた。人が動く気配がしている。

「いや、正月が近づくと……」

鹿之助は他愛もない話で笑みを見せる。

ひとしきり相槌を打って、加門は立ち上がった。

「では、わたしはこれで、行く所があるので」

「ああ、引き留めてすまぬことでしたな」

腰を上げようとする鹿之助を制して、加門は「では」と庭へと下りた。

森口太一が表へと歩いて行く背中が見える。立ち聞きをしていたに違いない。

「森口殿」

加門は早足でその背を追った。

ゆっくりと振り返った森口太一に、加門は一歩、引いた。

殺気……。加門は身を固くする。

が、太一はすぐに気を穏やかにし、

「宮地先生でしたか」

と、向き直った。

加門も慌てて笑顔を作り、寄って行く。

「失礼、河辺殿から森口太一殿というお名を聞きましたものですから。お生まれはどちらですか」

怪訝そうな面持ちを見せつつも、太一は口を開いた。

「わたしは江戸の生まれですが、父は美濃《みの》の出です」

「ああ、やはりそうですか」加門は笑みを広げた。

「知り合いに森口というお人がいるのですが、やはり美濃の出なのです」

「ああ、そうでしたか」

森口も笑みを浮かべる。

加門はゆっくりと正面に回りながら、森口の顔を窺う。微かに、目元が動く。

偽名を名乗る場合、その背景も予《あらかじ》め考えておくのが、常道だ。美濃というのも、考えていたことだろう。加門はそれを胸に含みながら、向き合った。

「美濃には森口川という川があるそうですね、そのお人はよく魚を捕ったと話していました」

「ああ……」太一は頷く。

「そういう話を父から聞いたことがありますな」

「やはり……同じ森口氏、ご親類かもしれませんね」

「いや、彼の地では多い名のようです」そう言いながら、森口は表門を差す。

「わたしはこれで……行かねばならぬ所がありましてな」

「ああ、御無礼いたしました」

加門が頭を下げると、太一は足早に脇戸から出て行った。

顔を上げた加門は、開いた脇戸を見つめる。

森口川などという川はない。やはりあやつも偽名か……。加門はぐっと拳を握った。

五

町人姿に身を変えて、加門は日本橋へと向かった。

空はすでに西が赤く染まり、薄闇が広がりはじめている。

米吟味所の前を加門はゆっくりと通った。

役人が次々と出ていき、表の戸が閉められる。

やがて、裏側から下働きの男達が出て来た。加門はそのうちの一人に近づくと、

「左吉さん……左吉さんじゃねえですかい」

と、声をかけた。

振り返った左吉は、にっと笑う男を見て、

「よう」と笑顔になった。

「寅七じゃねえか、どうしてた、急に来なくなっちまってよ」

「へえ」

と、加門は苦笑する。高間伝兵衛の屋敷に忍び込んだあと、高間河岸には近づいていない。

「いやぁ、実は腰をやっちまいましてね」

加門が腰をとんとんと叩いて見せると、左吉はそれを覗き込んで、頷いた。

「ああ、そっちか。よくやるんだよな、腰も膝も肩も……けど、腰が一番厄介だ、気の毒だったな」

「へえ、起きることもできねえで、厠《かわや》に行くのも苦労しやした。働けねえんで、おま

んまも食い上げで」

「そうか、そいつは難儀したな。そいじゃ、飯でも食うか」

「へ、いいんですかい」

「ああ」左吉は顎を上げる。

「おれは河岸の現場から役所に取り立ててもらってよ、給金も上がったんだ。飯くらい奢《おご》るぜ」

「そいつはありがてえ」

手揉みをする加門に顎を上げたまま、左吉は小伝馬町《こでんまちょう》の飯屋へと案内した。

「さ、好きなだけ食っていいぞ。ここは鰯《いわし》がうまくてな」

左吉の勧めに従って、加門は鰯のつみれ汁と煮付けを頼む。

加門は、運ばれてきた飯を頬張る左吉を見上げた。

「左吉さんはすげえな、役所にまわされるなんざ、高間の旦那様に目をかけられたってえこってしょう」

へへ、と左吉は笑う。

「まあな、おれはどんな仕事でも手を抜かずにやってきたからよ、そいつを見てもらってたってこったろう」

「そうかぁ、そこいらの木っ端《こっぱ》役人に聞かせてやりてえや」

口を尖らせる加門に、左吉は大口を開けて笑う。

「はは、けどな、そんなのは百姓にとってみりゃ、あたりめえのこった。田んぼや畑の仕事は、手を抜きゃあ、すぐに作物に出るんだ」

ふうん、と相槌を打ちながら、加門は運ばれてきた椀や皿を受け取った。どれも湯気が立っている。

「そんで」加門は湯気越しに左吉を見る。

「その役所ってえのは、なんなんですかい」

「ああ、新しくできた米吟味所だ」左吉はくいと顔を上げる。

「さっきあったろう、あっこの場所はな、もとはうちの旦那様のお店だったんだ」

「へえ、どんなことをするんです」

加門の問いに、左吉の顔が傾く。

「くわしいことはよくは知らん、米の仕分けをするらしい」

「仕分けですかい」

「ああ、米の出来栄えによって、振り分けるんだろう」

「蔵米みてえにですかい」

「そうよ、納屋米には下米だって混じっているからよ、もっと振り分けは細かくなるのよ」

へえ、と加門は目を見開いて見せた。

「河岸で上げた米俵は、数えきれねえほどありやしたけど、あれを全部、やるんで」

左吉は口中《こうちゅう》の飯を呑み込むと、また首を傾げた。

「さあなぁ……大坂の米問屋でも、あらかたは分けてあるんだろうから、全部はやらねんじゃねえか」

そう言って、焼いた鰯を箸でほぐす。身から滲《にじ》み出た脂《あぶら》が光った。

加門も煮た鰯を口に運ぶ。

「こりゃ、脂がのってうめえや」

「そうだろう」

「けど」加門は口を空《から》にしてから開く。

「米を仕分けして、いいことがあるんですかい。手間がかかって、面倒なだけみてえだけども」

「いや、そこさ」左吉は箸を揺らす。

「上等な米を選り分けて、そいつを高く売るわけよ。料理屋やいい旅籠は上米をほしがるからな、そこで今年の米はうめえってぇ評判が広まれば、米の値も全般、上がるだろうってぇ寸法よ」

「なるほどねえ」

加門が感心してみせると、左吉はにやりと笑った。

「吉原は上客になるって、旦那様は言ってたそうだ」

「ああ、あっこの料理はすげえって話だな」

「そうさ、上がったこたぁねえけどよ」

左吉が笑う。

加門は荷揚げの光景を思い出して、考える。そうか、五万石もの米をまとめ買いすれば、売るほうも買うほうも、いちいち質にこだわってはいられないだろう。上等の米を選り分けて高い値をつければ、利幅が上がる、というわけか……。

左吉は首を伸ばして小声になった。

「なんでも、この米吟味所は、うちの旦那様が思いついたらしいぜ」

「へえ、そうなんですかい」

驚きを見せる加門に、左吉が片目を細める。

「ああ、うちは先代から御公儀の御用を務めているだろう、なんたって米方役だ。勘定奉行様だってお屋敷に来たことがあるし、公方様の片腕といわれる老中首座……あの松平乗邑様だって、うちの旦那様を頼りにしてるときてるんだぜ」

「老中首座様じきじきかぁ、そいつはすげえや」

「ああ」左吉は胸を張る。

「御公儀にとって、高間伝兵衛はなくてはならない男ってえわけよ。で、おれはそこで取り立てられた手代だ」

鼻息を洩らしながら、左吉は顔を上げる。

加門は「そら、てえしたもんだ」と眼を細めて、左吉を見る。

「さあ、食え」

左吉が笑う。

「へえ、そいじゃ遠慮なく」

加門は飯をかき込む。それを咀嚼《そしやく》しながら、考えも噛みしめていた。

米吟味所で上質の米を選り分けて売れば、米問屋全体が儲かる。ほかの米問屋も喜んで乗るだろう。しかし、最も大きな利を得るのは、米を多く持つ高間伝兵衛だ。伝兵衛はそのために、米吟味所の開設を思いついたに違いない。米価を上げるため、と言えば、御公儀も否とはいうまい……。

加門はごくりと喉を鳴らした。

御公儀は持ちつ持たれつ、と考えているのかもしれない。しかし、むしろ御公儀は伝兵衛に手玉に取られているのではないか……。

加門は口を強く結ぶ。

「どうしたい」左吉が箸を置いて首を傾げる。

「足りなきゃ、もっと食ってもいいんだぜ」

「ああ、いや、もう満腹でさ」

「じゃあ、帰《けえ》るか」

左吉は気前よく勘定を払うと、暖簾を手で上げた。

外に出ると、たちまちに息が白くなる。

左吉は白い息を加門に向けた。

「じき正月だ、餅代を稼ぎたけりゃ、また高間河岸に行きな、替わりの者がいるからよ、荷揚げができるぜ」

「へえ、ありがとさんで。すっかりごちにもなって、礼を言いやす」

「なあに、いいってことよ、じゃな」

左吉は笑顔を残して、歩き出す。

加門は下げた頭を、ゆっくりと薄暗くなった空へと向けた。
浮かんでいる月は細く、晦日《みそか》の新月に近づいているのがわかる。
加門はその顔を城へと向けた。
すでに正月に向けて、城中は慌ただしくなっているはずだ。
すべては正月明けだな……。加門はそうつぶやきながら、歩き出した。

第六章　思惑断ち

一

延享二年、正月元旦。

「明けましておめでとうございます」

床の間を背にした宮地友右衛門に、母と加門が声を揃えた。

「うむ、めでたいことだ。今年は、我が家にとっても、大事な年になるぞ。家督を譲るもそう、加門の婚儀もそう。真にめでたい年となろう」

「いえ、まだ婚儀とまでは」

戸惑う加門に、父は片方の眉を上げる。

「なにを言うておる、この正月のうちに正式に申し入れをするのだぞ。あとは結納《ゆいのう》、そして婚儀だ」

「ほんに、ようございました」母も眼を細める。

「千秋さんが受けてくださってほっとしました。栄次郎殿に嫁《とつ》がれたら、加門はどうなるのかと、ずっと心配だったのです」

「そのようなことを案じていたのですか」

加門の驚きに、母は赤い唇を歪ませる。

「当たり前です。そもそもそなた、お役目以外はぼんやりしすぎなのです」

はあ、と加門は苦笑する。そう言われれば返す言葉がない。

「まあよい」父は笑顔になる。

「わたしの不覚もあったのだ。だが、これで安心だ。あとはこちらにまかせて、加門はお役目に専念するがよい」

「はい」

「では、お屠蘇《とそ》と御膳を持って参りましょう。今日は祝い膳ですからね、出仕の前にゆっくりと召し上がってくださいな」

母が出て行くと、加門は声を落とした。

「父上は休みなしですか、正月は忙しいですね」

「ああ、この先は年賀の客が続々とお城に来るからな、休みは正月明けだ。そなたはせいぜいゆっくりしていろ」

「いえ……」加門は膝行して、父との間合いを詰めた。

「出かけようと思っているのです」

「どこへだ」

「小石川の一味の屋敷です。どうも、気にかかるので」

「ふむ、なにがだ」

「師走に新しく家来になった浪人です。はじめは町奉行所の隠密方ではないかと思っていたのですが、それにしては妙な殺気があったので」

「殺気か」

「はい。探索であれば殺気は要らぬはず。隠密方という読みが間違っていたのかもしれません」

ふうむ、と父が口を曲げる。

「そうさな、予断は判断を誤るもとだ。思い込みを捨てて、別の考え方をしてみるといい」

はい、と加門は頷く。

「見る目を白に戻して行ってみます」

「今日、行くのか、正月だぞ」

「ええ……ですが、妙に気にかかるのです。じっとしておられないような、胸が騒ぐような」

「勘か……ふむ、勘は蔑《ないがし》ろにせんほうがよい。勘を侮《あなど》って、あとで悔《く》やむことは多いからな」

「やはり、そうですか」

「ああ、わたしもある。勘など裏付けはないとうち捨てて、失態をしでかした。気にかかるなら、行くがいい。ただし、祝い膳を食ってからにしろよ、母をがっかりさせないようにな」

「はい」

加門は廊下をやって来る母の足音を聞きながら頷いた。


小石川の坂を、加門は足を踏みしめて上る。二日前に降った雪が、積もったまま溶けておらず、道の端や木々の枝は白い。

町に入ると、加門は行き交う男達の顔を見た。酒を飲んだのだろう、赤い顔をして、上機嫌の者らが笑い、高らかに話しながら歩いている。

元旦だものな……。加門はぐっと拳を握った。朝から酒を飲んでも不思議はない。

屋敷の表にまわると、加門は冠木門を見上げた。いつもは開いている脇戸が閉まっている。そっと手で押すと、それは簡単に開いた。

屋敷の内へと入った加門は、そっと庭を進んだ。

雪の積もった庭には誰もいない。庭から屋敷に近づき、加門は中のようすを窺った。

次郎の部屋から、人の声が聞こえてくる。和やかな笑いも混じるのは、酒を酌《く》み交《か》わしているのに違いない。

どうする……。加門は沈思《ちんし》した。

不自然ではないように、一応、酒徳利《さかどつくり》は持って来ていた。だが、なにもないのであれば、また明日来てもいい。

しばらく考えてから、加門はそっとその場を離れた。が、数歩歩いて、足を止めた。

中から響いていた声がぴたりと止んだのだ。

佇んだまま、耳をそばだてる。

しんと静まりかえっている。と、いきなり声が上がった。

「なにをするかっ」

同時に、

「ええぃっ」

と、斬り裂くような声が響いた。

叫びや喚きが交差し、人の激しく動く音が混じる。

加門は徳利を投げ捨てると、屋敷の廊下へと駆け上がった。

目の前の障子に、赤い飛沫《しぶき》が飛んだ。

障子が倒れてくる。

部屋が丸見えになった。

加門は息を呑んだ。

斬られたのは木野左右衛門だ。右手に抜き身を持っているが、左腕から血が流れている。

白刃を構えているのは、森口太一と三田源之丞だ。

「きさまら」

次郎が二人を見上げて睨みつけていた。尻餅《しりもち》をついた姿勢で、うしろに身を反らしている。が、その身をひねると、背後に手を伸ばした。背負っていた武具の革袋がそこにある。素早く手突槍を抜くと、立ち上がろうとする。が、森口太一がそこに斬りつけた。

その前に木野が飛び込み、太一の剣を己の剣で受けた。

鈍い音が響き、二人がじりじりと向かい合う。

その隙に次郎が立ち上がり、槍を構える。

三田源之丞が、その前を塞ぐように立った。

息を詰めていた加門が、

「よせっ」

怒声とともに脇差しを抜いた。室内ならば、剣は短いほうが使いやすい。

「きさまに用はない、邪魔立てするな」

太一が目だけを動かして、怒鳴り返す。

加門はゆっくりと横に移動しながら、太一と源之丞のあいだに入った。

「そなたら、誰の命《めい》を受けた」

加門の問いに、源之丞が、

「きさまこそ、何者だ」

言葉を吐き捨てる。

隅では鹿之助が、襖を開け、自室へと膝をついたまま移動して行く。清蔵は廊下に退き、皆のようすを見ている。

「皆、殺す」

太一が声を張り上げ、剣を振り上げる。

身を伏せた木野がその脇腹を狙う。が、右腕を斬られ、剣が落ちた。

次郎は槍を振りまわす。

「やぁっ」

まずい、と加門は踏み出した。次郎の槍は槍術になっていない。

「やあぁぁっ」

かけ声だけは大きいが、次郎は槍を両手で握りしめて、狼狽《うろた》えている。

ふん、と源之丞の笑いがこぼれた。

「武具はこけおどしか」

源之丞の刀が、次郎の槍を狙う。その柄《え》を一刀で斬った。

退く次郎に、下から刀を振るう。加門はそこに飛び込んで、源之丞の腕に打ち込んだ。ぐっと唸るが、刀は放さない。

間合いを縮めながら、加門と源之丞が睨み合う。

背後で、次郎が動いた。革袋から太刀を取り出したのがわかる。

次郎が太刀を構える。

そこに太一が動いた。

気合いとともに、白刃が宙を斬る音が鳴った。

次郎がそれを太刀で受ける。が、あっけなく弾き飛ばされた。

しまった……。加門が振り向く。

次郎が空手になっている。

そこに太一の白刃が下りる。

加門の目の先で、次郎の胸が斬り裂かれた。

血飛沫が飛び散り、太一の顔を赤く染める。

にやり、と口を歪めた太一は、白刃を翻す。

身をかがめた次郎の背を狙っている。

「ならぬ」

加門が太一の肩に斬りつける。

その加門の背を、源之丞の刃が狙う。加門は身を伏せて、それを躱した。

肩を斬られた太一は、加門に向き合い歯嚙《はが》みをする。額から目に滴《したた》る次郎の返り血を拭うと、

「邪魔をするなと言うたに」

ぐっと口を歪めて、柄《つか》を握り直した。

「まま、待て」

脇から震える声が上がった。

鹿之助が刀を構えて、隣の部屋からじわじわと入って来る。

「来ないでください」

加門は怒鳴る。鹿之助の腰は明らかに引けている。真剣を交わしたことなどないに違いない。

「はっ」

源之丞が笑いを放つと、鹿之助に向かって踏み出した。

加門がそちらに飛び、源之丞の剣を遮る。

その隙を狙って、太一が加門の脇腹を狙った。

身を翻し、加門は太一へと剣を返す。

横から振るった剣は、太一の太腿に当たった。

うめきとともに、太一が崩れ落ちる。

「うあぁぁ」

上がった声に、加門は振り向く。

鹿之助が源之丞に上腕を斬られ、蹲《うずくま》っている。

加門は、目を太一に戻す。

太一の剣が、下から加門に向かってくる。

突こうとする切っ先を横によけ、加門は太一の額に白刃を落とす。刃が止まり、太一の動きも止まった。

加門はうしろに退き、刃を抜く。と同時に、血飛沫が上がった。

加門の目は次郎を探した。

斬られた場所から、這《は》って移動したのだろう。隅に大きな身体を横たえている。

「次郎殿」

加門は駆け寄り、しゃがみ込んだ。

次郎の身体は動かない。息はすでに止まっていた。

くそっ……。加門は唇を嚙み、振り向く。

そこでは源之丞が廊下の清蔵に刃を向けていた。

「おう、やめてくれよ」

清蔵は冷ややかに笑って、源之丞を手で制す。

「おれはもともと次郎様なんぞ、どうでもいいんだ。斬るなよ」

「ふん」源之丞がせせら笑う。

「請け負ったのは皆殺しなんでな」

源之丞は吐き捨てるように言うと、廊下に踏み出した。

清蔵はちらりと振り向く。背後は雪の積もる庭だ。

「待て」

加門は駆け寄った。

「その仕事、誰から請けたのだ」

源之丞の正面に廻り、柄を握り直す。

向かい合い、加門は息を詰めた。

「はっ、こうなればきさまもついでだ」

源之丞は加門に吐き捨てると、腕を上げた。

振り上げた剣が、加門の額めがけて下りてくる。

加門の剣がそれを受けた。

顔の前で、刀がぶつかり合う。

加門がそれを払い、剣を横から回す。

廊下の横は庭だ。

庭側に思い切り振って、加門は踏み込んだ。

源之丞は飛び退き、それを受ける。

再び重なった剣が冷たい音を放つ。

と、その加門の脇を、清蔵がすり抜けた。

横目でそれを追うと、清蔵は部屋の奥へ駆け込んで行く。戸棚に飛びつくと、中から木箱を出して抱えた。

箱を小脇に、清蔵は庭へと飛び降りる。

「待て」

源之丞が追う。

それを加門も追う。

雪を蹴散らして、清蔵が裏口に向かって走る。

そこに源之丞が追いついた。

真上から剣を振り下ろし、清蔵の背中を割る。

清蔵がゆっくりと身体を倒していく。その腕から箱が落ち、蓋が開いた。中から、大量の小判や銭が飛び散る。

倒れた清蔵の周囲に、金や銀、銅の色が散らばった。

「きゃあっ」

と屋敷から悲鳴が上がる。

窓に女の顔がある。

騒ぎに驚いて覗いた土井の妻らしい。

「なんだ」

土井も押《お》っ取《と》り刀《がたな》で飛び出して来た。

「ちっ」

源之丞は前方の土井と後方の加門に顔を巡らせる。

加門は土井に向かって、声を投げた。

「役人を呼んでください」

土井はしかし、立ち竦んでいる。

その土井と源之丞が、目を交わす。源之丞は、裏口に向かって走り出した。

しまった、土井とは通じていたか……。加門がそのあとを追う。

が、前方で土井が刀を抜いた。

向かって来る源之丞に向けて、踏み出し、顔に斬りつける。

飛び散った血が、雪の上に落ちる。

加門は足を止めた。

どういうことか……。倒れた源之丞と刀の血を振る土井を、加門は見比べた。

土井は倒れた源之丞を見下ろして、息を整えている。

が、すぐに顔を上げ、土井は、

「役人を呼んできましょう」

そう言って、踵を返した。

裏口から土井が走り出て、姿が消える。加門ははっと、屋敷を振り返った。

血に染まった部屋に戻ると、鹿之助を覗き込んだ。上体が血で染まってはいるが、呻き声ははっきりとしている。

続いて倒れ込んだ木野も見る。こちらも呻き声を洩らしているが、息は弱くない。

加門は顔を巡らせ、部屋の片隅へと駆け寄る。

葵の御紋、という言葉が耳に甦る。

以前、商人に見せていた葵の御紋の付いたなにかが、この部屋にあるはずだ。棚戸から取り出したのは音でわかっている。

加門は次々に小さな戸を開け、手を入れた。

これか……。漆塗りの箱が手に触れた。

蓋を開けると、紫の袱紗《ふくさ》包みが現れた。開くと、そこに金色の葵の御紋が見てとれた。

包みを懐に入れると、加門は立ち上がった。裏口から、人のざわめきが聞こえてくる。役人が来たらしい。

加門は懐を抑え、表から外へと飛び出す。

小石川の坂を、雪を蹴りながら駆け下りた。

二

古坂与兵衛は、腕組みをしたまま加門の話を聞いていた。

「次郎は死んだか」

「はい、二人の浪人は、端《はな》から殺すつもりだったようです」

「して、その浪人も死んだのだな」

「はい」加門は低頭する。

「成り行きで一人を斬り、もう一人は御家人の手によって斬られました。探索で潜り込んだものと思っていたのですが、まさか刺客《しかく》だったとは……口を割らせることもできず、誰の命《めい》であったのかわからないまま……申し訳ありません」

「ふうむ、御落胤を消したい者か……思い至らぬわけではないな」

与兵衛はちらりと加門を見る。加門も目顔で頷くが、互いに口を噤んだ。

加門は顔を上げると、懐から袱紗包みを取り出した。

「これは次郎の一味が、人に見せていた物です。葵の御紋が付いています」

与兵衛は包みを開く。中から現れたのは、漆塗りの鞘《さや》の懐剣だ。金色の葵の御紋が付いている。

「ふむ」与兵衛はそれを手に取り、さまざまな角度から見る。

「古い懐剣だな。葵の御紋は簡素な仕上げ。これならば町の職人でも作れそうだ」

「はい。本物かどうか、判断がつきません。いずれにしても上様にご覧いただいたほうがよいと思い、持ち出しました」

「うむ、次郎の真贋《しんがん》もこれでわかるであろう。ようやった。上様にお見せするがよい」

「いえ」加門は首を振る。

「これは古坂殿が。このお役目、そもそも古坂殿が命《めい》を受けたものですし」

与兵衛は腕をほどくと、顔を振った。

「わたしの手には余るゆえ、皆にも合力《ごうりき》してもらったのだ。それは上様にもちゃんと報告申し上げておる。この懐剣を手に入れたのは、宮地加門の手柄。人の手柄を横取りしたとなれば、我が古坂家の名折れとなる。そなたが、お持ちせよ」

ぐいと押し返される懐剣を、加門は見下ろした。

「承知しました」

「うむ。正月も十日までは、上様もご多忙であるから、それが過ぎてからがいいだろう。それまでに二人の浪人と土井平九郎に関して、我らも調べることにする」

「はい」

加門は懐剣を包むと、懐に戻した。

古坂家を出て、加門は宮地家へと向かった。懐剣を神田の町屋に持ち帰るわけにはいかない。

「おい、加門」

横から声と足音が近づいて来る。

「栄次郎」

加門は、足を止めた。

千秋からは師走のうちに断りを入れたと聞いている。

やって来た栄次郎は、苦笑を浮かべて加門の肩を叩いた。

「そう困った顔をするな。こっちの気が重くなる」

「いや、悪かったと思っているのだ」加門は頭をぺこりと下げた。

「横入りして奪うなど、武士の道に悖《もと》る振る舞い」

「奪うだと……」栄次郎が口を曲げる。

「そなたらしくない物言いだな、物でもあるまいし。千秋は己の意思でそなたを選んだのだ。奪ったなどと言うのは、千秋にもわたしにも失礼だぞ」

「そうか」加門は顔を上げ、頭を改めて下げ直す。

「これは申し訳ない」

栄次郎がぷっと吹き出した。

「ああ、よいよい、戯《ざ》れ言《ごと》だ。さすがにちょっと口惜しいからな、今、気を晴らしたのだ。そなたに頭を下げられて、すっとしたぞ」

「そうか」

加門からも、小さく笑いが出る。

栄次郎は空を見上げた。

「本当はな、勝負は半々……いや、半ば負けはわかっていたのだ。だが、少しでも勝機があるのなら、賭けてみなければ気がすまぬではないか」

加門は黙ってその横顔を見る。栄次郎は横目でそれを見返した。

「賭に出ずにあきらめたら、思いを引きずるであろう。それはいやだからな」

「うむ」加門が頷く。

「わたしも黙って引き下がれば、悔いを残す気がしたのだ。だから、賭けに出た、ということだな、今思えば」

「ああ、そしてそなたが勝った。それだけのことだ。いいな、詫びるのはこれで終いだぞ」

「うむ」

加門が姿勢を正して頷く。

栄次郎は再び肩を叩くと、笑顔のまま踵を返した。が、途中で振り向くと言った。

「いい年になるな」

ああ、と加門も笑顔を返し、遠ざかって行く栄次郎に、礼をした。

「聞いたか、例の御落胤が殺されたってよ」

「ああ、斬られたらしいな」

湯屋の二階で、男達が車座になっている。

その傍らで、加門は茶を飲みながらそっと耳を向けていた。

「けど、仲間の二人は生き残ってるんだろう」

「ああ、牢屋敷に入れられてるってえ話だぜ」

「獄門か」

「いやあ、天一坊のときにゃ、仲間は遠島や追放だったてえ聞いてるぜ」

「へえ、けど、島送りだってまっぴらごめんだな」

「おう、島にゃこんな湯屋だってねえんだろうしな」

皆の笑い声が起きる。

「しかしよ、なんだって殺されちまったんだろうな」

一人が首を傾げる。答えた男は声をひそめた。

「さあな、目障りだと思う誰かがいたんだろうよ」

「誰だい」

声高に問う若い男に、皆が目を向ける。

加門も横目でようすを捉えた。

しーっ、と一人が指を立てる。

「馬鹿」小声が続く。

「そんなこたぁ、言えるはずねえだろう」

「だから、誰なんだよ」

問うた男は身体を揺らす。

「ああ、もう黙れって」

「長屋に帰《けえ》ったら教えてやるからよ」

隣の男に腕を叩かれて、若い男はちぇっ、と口を尖らせた。

加門はそっとその場を離れた。


正月も十日を数日過ぎ、出入りの盛んだった城の御門にも、静けさが戻りはじめた。

本丸の中奥。

そこにある小さな雪の間《ま》で、加門はずっと端座《たんざ》を続けている。

吉宗への目通りを願い出て、お許しが出てのことだった。

次郎一味の一件は、すでに古坂与兵衛から報告をすませたと聞いている。

加門は懐から紫の袱紗包みを取り出すと、膝の前に置いた。と、その顔を廊下に向ける。足音が近づいて来るのが察せられたためだ。

居住まいを正し、加門は低頭する。

障子が開き、

「待たせたな」

吉宗の声が頭上から降ってきた。

「よい、面を上げよ」

加門が顔を上げると、吉宗は目で頷いた。

「古坂から聞いた。こたびは皆で働いたそうだな」

「はっ」かしこまりつつ、加門はそっと袱紗を解く。

「これは丹波次郎と名乗った者が持っていた物です」

加門がそれを差し出すと、吉宗が手に取った。

葵の御紋を目の前に掲げて、じっと見ている。

「丹波次郎は」加門は上目で将軍を見る。

「その懐剣は、母君が上様から賜った物のように申しておりました」

ふうむ、と吉宗は葵の御紋を指で引っ掻く。

「見覚えはおありでしょうか」

加門の問いに、吉宗は懐剣を下に置いた。

「ないな。作りが悪い。贋物《にせもの》であろう」

は、と加門は顔を伏せる。

では、御子そのものにお覚えは……。そう問いたい気持ちが湧くが、言葉にはならない。

「その者、すでに死んだのであろう」

将軍の声に、加門は「はい」と頷く。

「なれば、もうよい」

え、と加門は顔を上げた。

吉宗は真顔を小さく横に振る。

「いなくなった者にこれ以上手間をかけることはない。その一件は終わりだ」

「は、あ……刺客の正体とその送り主は、未だ明らかになっておりませぬが」

「刺客は死んだのであろう。なれば、それも捨て置け。古坂にもそう申した」

「はい」

加門は平伏する。そうか、上様はこれ以上、事を大きくしたくないのだ……。

「大儀であった」

吉宗がゆっくりと立ち上がる。と、懐剣を差して言った。

「それは砕いて捨てるがよい」

「はっ、承知しました」

障子を開け、吉宗が出て行く。

加門は懐剣を手にして、吉宗の言葉を噛みしめた。

上様はいっそ、なにもかもなかったことにされたいのかもしれない……。

小さくなっていく足音を耳で追いながら、加門は懐剣を懐に入れ廊下へと出た。

その足で、中奥の一画にある御庭番の詰め所に向かう。

その片隅で書物を読んでいる父に、加門は近寄って行った。

「おう」父は顔を上げて、目でどうであった、と問う。

隣に座り、加門は小声で言った。

「もう捨て置け、と」

そうか、と父は頷き、真顔に戻した。

「そうだ、首座様の御加増が決まったそうだ。一万石だ」

「へえ、それは……こたびの買米と米価上昇のお働きを、上様が認められたということですね」

「そうさな、これで首座様は七万石取りというわけだ。還暦《かんれき》でなおも御出世とは、大したものよ」

その父の言葉には答えず、加門はすっと立ち上がった。

「西の丸に行って参ります」

小さな礼をして、加門は外へと出た。

本丸の西の際《きわ》にある西桔橋御門《にしはねばしごもん》を抜けて、加門は坂を下りる。狐《きつね》の巣穴があることから狐坂と呼ばれる緩やか勾配を下りて、濠を渡れば、西の丸はすぐだ。

西の丸御殿の主である大納言家重も、報告を待っているはずだった。

中奥で案内を乞うと、すぐに意次が現れた。

「やっと来たな」廊下を歩きながら、意次がささやく。

「次郎の一件は、すでに大納言様のお耳に届いているぞ」

「そうか、まず上様にご報告するのが順当と思ってな、遅くなった」

「うむ、それが道理だ」

「大納言様は、一件を聞いていかがであった」

「殺されたと聞いて、お怒りであった」

そうか、と加門は目を伏せた。もしかしたら、新しい弟に会うことを楽しみにされていたのかもしれない、と唇を噛む。

「だからな」意次はささやく。

「大納言様には米吟味所の件を報告してくれ。わたしも日本橋で首座様に会ったことを話したのだがな、仔細を知るのはそなただけだ」

うむ、と廊下を進む。

すぐにやって来た家重に、加門は平伏してから顔を上げた。

頷く家重の顔には、話せ、と書いてある。

「実は高間伝兵衛の米蔵で荷揚げとして働き……」

加門は順に話していく。

長い話ながら、家重はじっと耳を傾けていた。が、聞くに従って、家重の顔が強ばるのが見てとれた。

だんだんと頬に赤味も差してくる。憤りが熱となったに違いない。

隣の大岡忠光も、眉間に皺を刻んでいる。

家重の強ばった口元が動き、忠光が頷いた。

「よう調べた、と仰せだ」

「はっ」

加門は低頭する。

「と……あ……」

家重の口がまた動く、忠光がそれを通じる。

「次郎を殺した者はまだわからぬか、と問うておられる」

「はい……上様はもうよい、と仰せで」

顔を上げると、家重は首を振った。忠光が頷く。

「わかったことがあれば、知らせよ、と仰せだ」

「はっ」

調べよ、ということか……。加門はそう得心して、頭を下げた。

三

小石川の坂を上って、加門は土井家の門に立った。と、その目を瞠《みは》った。戸がすべて開け放たれ、中には荷車が二台、止められている。荷車には、すでに荷物が詰め込まれ、町人の男が上から縄を回していた。

近づいた加門は、首を伸ばして屋敷を見渡した。土井平九郎が暮らしていた奥も、障子が開け放たれ、空になった室内が見える。

「屋敷のお人らはどうしたのですか」

加門が男に問うと、縄を手にした男が顔を上げた。

「家移りしましたぜ」

「家移り……土井家がですか」

「へえ」男は手を止めて、腰を伸ばした。

「御徒組の御役をもらったそうでさ。組屋敷への家移りも、あっしが請け負いましたんでね、あ、この荷物はだから、好きにしていいって土井様に言われたんで、別にかっぱらおうってわけじゃねえですよ」

「ああ、別に疑っているわけではない」

加門は積まれた荷物を見る。次郎の一味が使っていた物だろう。

あっと、加門は手を伸ばした。鹿之助の使っていた算盤だ。

手に取ると、珠が動いて音が鳴った。

「これはもらえないだろうか」

へ、と男が顔を歪ませたのに気づき、加門は、

「ああ、そうか、売るのだな。ではこれでどうか」

懐の財布から一朱金を差し出した。

「へえ、そういうことでしたら」

男はにこにこと受け取る。

その後方から、人が入って来るのが見えた。

「これ、古道具屋」武士が財布を手に寄って来る。

「銭を持って来たぞ」

へい、と男は手を差し出す。

近隣の武士か、なにかを買ったのだな……。加門は武士に近づくと、にこやかに口を開いた。

「土井様は御役をいただいて家移りされたそうですね」

あ、ああ、と武士はこちらを向く。

「そうなのだ、御徒役をいただき、田安屋敷に仕えるそうだ。ここはあのようなことがあったからな、家移りできたのは運がいい」

田安屋敷……。加門は唾を呑んだ。やはりそうか、ということは……。

植木職人に姿を変えて、加門は北の丸の田安屋敷の庭に入り込んだ。すでに何度も同じように、入り込んでいるため、屋敷のようすはすぐにわかる。

屋敷の見える庭で、加門は落ちた枝を拾い集める。雪はとうに解けたが、重みで折れた枝が、乾いた地面に散らばっている。

家臣の行き来する廊下を、加門は横目で窺っていた。

土井平九郎は屋敷を貸し、刺客の浪人を斬り捨てた。それは、指示を受けたからにほかならない。

土井の屋敷を勝田清蔵につなげたのは、部屋住みの菅野弥十郎だ。古坂与兵衛が調べたが、その名の男は見つけられなかった。おそらく名も身分も偽りだろう。だが、その男がそもそもの命《めい》を受け、土井に指示を伝えたはずだ。

加門は出入りする家臣らを見張り続ける。

土井が田安家に取り立てられのだから、菅野を名乗る男も田安家の家臣であろう……。加門は目を配りつつ、宗武の胸中を推《お》し測《はか》る。

次郎が本当に御落胤であるならば、生まれ順は家重に次ぐ次男だ。そのような男が現れれば、宗武は三男となり、宗尹は四男となる。もし、新たな次男が三家のうちの一家となり、家重の味方に付けば、宗武の立場は脅かされかねない。いまだに将軍の座をあきらめていない宗武にとっては敵ともなり得る者だ。なればいっそ……。

加門は己の想像に、唾を呑み込んだ。だが、おそらく間違っていない……。そう思うと、血にまみれた次郎や清蔵、浪人の姿が甦り、喉の奥が熱くなる。あのような死に様を誰が望むというのか……。

加門はしゃがんで硬くなった腰を伸ばして、空を見上げた。流れる雲を目に移していると、はっと東側に首を巡らせた。

新しい弟を疎ましく思うのは、宗武ばかりではない、宗尹も同じはずだ。宗尹は兄宗武が将軍となることを支持しており、家重とは対立している。兄弟で合力してもおかしくはない。

加門は田安屋敷を離れ、宗尹が暮らす東の一橋屋敷に向かった。

一橋御門の内にあるため一橋屋敷と呼ばれ、宗尹も一橋様と通称されている。加門は常緑の茂みの陰から、廊下を窺った。この屋敷には、意次の弟の意誠《おきのぶ》が小姓として出仕している。

加門は屋敷近くの木を見上げ、茂みを出てそれに登った。折れた枝が下がっており、払うのにちょうどいい。

低い枝の上から屋敷を見る。廊下に目を向けた加門は、あっと息を呑んだ。

菅野弥十郎だ。書物を両手に抱えて、表のほうへと歩いて行く。羽織の家紋は梅だ。

加門は木から下り、そっと屋敷へと近寄った。再び茂みに隠れると、息をひそめて廊下を見る。両手の空いた菅野弥十郎が戻って来た。と、そのあとから、

「岡野《おかの》殿」

という声に呼び止められ、足を止めた。

岡野か……。加門はそっと茂みを離れた。

姓と家紋がわかれば、あとは調べられる……。加門は本丸へと足を向けた。

北桔橋御門《きたはねばしごもん》に続く道で、加門は立ち止まった。前からやって来る姿に、思わず目が見開く。意誠だ。

小走りに近づいた植木職人を、意誠はよけようとして横にずれた。が、それを追って向かいに立ち止まった姿を見て「あっ」と声を上げた。

「加門殿でしたか」

ああ、と加門は周りに人気《ひとけ》がないのを確かめて、道の端に意誠を誘う。

「お役目ですか」

意誠は加門の頭から足までを見て、声をひそめる。幼い頃には意次とともに遊び、剣術道場にも一緒に通った仲だ。気兼ねはない。

「ああ、ちょうどよかった、一橋屋敷にいる者で、岡野という男を知っているか。梅

の家紋だ」

加門の問いに、意誠は頷く。

「それならば岡野富之助《とみのすけ》でしょう。小禄の旗本ですが、機転が利くので殿にお目をかけられています」意誠の顔が曇る。

「あの者がなにか」

「ああ、いや」

加門は笑顔を作った。宗尹に仕える意誠には、悪い話は伝えたくない。

「大したことではないのだ。名がわかればよいだけ……呼び止めてすまなかった」

ぽんと意誠の肩を叩くと、加門は小走りになった。

振り向く意誠に背を向けたまま、加門は緩やかな坂を小走りに下りた。


西の丸中奥。

田安家に仕えることになった土井と一橋家に仕えている岡野のことを、加門は家重に報告した。

「大儀であった」

と、忠光が家重の言葉を伝える。

そこから退出した加門は、意次の部屋へと移った。

「大納言様は驚かれなかったな」

加門は向かい合う意次に、小声で言う。

刺客を放ったのが宗武と宗尹であったと告げても、家重はほとんど顔色を変えなかった。

「ああ、おそらく見当がついていたのだろう」意次は口元を歪める。

「わたしもうすうすそうではないかと思ったしな」

「ああ、皆、口に出せずにいただけ、ということだろうな。おそらく上様も……」

加門は吉宗の「捨て置け」という言葉を思い出していた。察していたからこそ、事を荒立てたくなかったのだろう。

「そうだろうな」意次は加門と目を合わせて頷く。

「上様にしてみれば、もう息子は要らぬだろう」

「ああ」加門も眉を寄せる。

「今、おられるお三方だけでも、うまくいかないのだから、さらに厄介の種となるお人など邪魔なだけ……たとえ、本当に御子であったとしてもな」

「うむ……しかし」意次は身を乗り出した。

「それは実のところ、どうだったのだ。真に御落胤だったのか」

いや、と加門は首を振る。

「わからん。少なくとも、次郎当人はそう信じていたな。母御が言った言葉を信じていたということだが、その母御がすでにこの世に亡いのだから、確かめることは叶うまい」

「そうか、上様も真のことはおっしゃるまいな……いや、真がどうであるのかわからぬのが真、ということかもしれないな」

「ああ、男にはわからぬ、と町の男らが話していたよ」加門は息を吐いて苦笑する。

「まあ、このようなことは血筋にこだわる武家ゆえの出来事であろうよ。町には捨て子を我が子のようにかわいがって育てている者らも多いと聞くしな」

「そうなのか」

「ああ、実の子がいても、不憫だと言って捨て子を引き取る親もいるらしいぞ」

へえ、と意次は障子を通して見透すように、町へ顔を向ける。

「人の道とは難しいものだな」

手を伸ばして、意次は障子を少し開ける。

町のほうから、二月間近の春めいた風が吹き込んできた。

四

医学所を出た加門は、その足で北町奉行所へと向かった。

今日は次郎一味の生き残り河辺鹿之助と木野左右衛門に対する沙汰が下される日だ。罪人が吟味を受けたり、沙汰を聞いたりするときには、小伝馬町の牢屋敷から、奉行所に引き出される。

加門は濠にかかる常盤橋《ときわばし》前の広場に立った。奉行所から牢屋敷に戻る一行は、ここを通るのが常だ。

しばらくすると、濠の向こうの常盤橋御門から、人々が現れた。汚れた白い着物の上から縄で縛られた罪人達を囲んで、役人やその手下《てか》の下男《しもおとこ》が橋を渡ってくる。

橋を渡り終えた一行を目で追って、加門は一歩、踏み出した。

罪人の先頭を歩いているのは、河辺鹿之助だ。斬られた右腕がまだ治りきっていないのだろう、縄は免れて片手縛りをされている。縄の先は下男に握られているが、鹿之助は堂々と顔を上げている。やましいことなどない、とでもいうように、その目は真っ直ぐ正面を見つめていた。

加門は目を移す。うしろに木野左右衛門の姿があった。やはり怪我が配慮され、片手縛りで歩いている。こちらも俯《うつむ》くことなく前を見据えており、口元には冷笑のような歪みが見える。加門は、その顔を見ながら、「賭だ」と語っていた木野左右衛門の言葉を思い出していた。賭に負けた己をあざ笑っているのか、それとも別のなにかを笑っているのか……。

加門は二人を見つめるが、それには気づかずに、鹿之助も木野も前を見たまま通り過ぎる。

「前の二人が、御落胤の仲間だってよ」

見物のなかから声が上がった。

「へえ、悪びれてねえな」

「ああ、罪人らしく見えねえな」

うしろを歩く別の罪人らが、皆、項垂《うなだ》れているのと、人々が見比べている。

「おおい」

そこに男が橋を渡って来た。

「遠島だってよ」息を整えながら、皆に言う。

「御落胤の仲間は八丈島《はちじょうじま》送りだとよ、今、奉行所で聞いてきた」

へえ、と皆の顔がその男から罪人の一行へと移る。

「八丈は遠いんだろう」

「ああ、鳥も通わぬってぇくれえだからな」

うしろ姿になった一行を、皆、見送る。

加門はそっと、その場を離れた。


「加門、いるか」

夕刻、声とともに家の戸が開いた。

飛び込んで来たのは意次だ。

「どうした、なにかあったのか」

迎え出た加門に意次は、座敷に上がりながら頷く。

「米吟味所が廃止になったぞ」

え、と驚く加門に、意次はにやりと笑った。

「家重様が上様に申し上げたのだ、そなたから聞いたことを、包み隠さずな。で、閉めよ、と命《めい》が下された」

「そうか」加門は胡座をかいた身体ごと揺らす。

「これで胸がすくな。伝兵衛に御公儀も世間も食い物にされていると思うと、どうにも腹の虫が収まらなかったからな」

「ああ、直ちに廃止、ということでな、二月四日に閉めることになった」

「明後日ではないか」

「うむ」頷く意次に加門は顔を寄せる。

「また見に行くか」

その誘いに、意次が黙り込む。伏せがちになったその顔を、加門が覗き込んだ。

「どうした……」

ああ、と意次が歪めた顔を上げる。

「実は、妻が悪くてな、もう長くは保《も》たないと医者に言われたのだ。だから、この先、外出はできん」

加門は言葉を失う。口を動かそうとするが、声にならない。

「ああ、いや」意次は面持ちを弛めた。

「病に臥《ふ》してから長かったし、手は尽くしたからな、もうこれは天命だと思えるようになっていたゆえ、大丈夫だ」

「そう、か……悪かったな、なにもできなくて」

「なにを言う、よい薬をさんざんもらったではないか、あれで調子がよくなったこともあったし、ありがたいと思っているぞ」

そう言って肩を叩く意次の顔を加門は見返すが、やはり言葉に詰まる。意次はそれを察して、笑顔を作った。

「なに、すべては天の定めだ。ただ、夫婦といっても年月は浅く、それほど情が深まらなかったのがかわいそうであった、と思うよ。他家に嫁げば、もっと幸せであったかもしれないな」

「いや、そうではなかろう。そなたは充分にやったと思うぞ」

語気を強める加門に、

「うむ……ありがとう」

意次は作り物ではない微笑を見せた。

「そういうわけで、この先、しばらくは忙しくなりそうだ。また、落ち着いたら、来るからな」

加門は黙って頷く。

御庭番は御用屋敷の十七家以外と親しくしてはいけない。将軍から直々《じきじき》に命《めい》を受ける立場であるため、秘密を守るための縛りだ。これは、不文律《ふぶんりつ》として守られている。

ために外の家と多少のつきあいがあっても、その家の冠婚葬祭の場に出ることは許されない。

　では、と立ち上がった意次は、「そうだ」と声音《こわね》を変えた。

「お逸の方様は、もうすぐ御子がお生まれになりそうだぞ。奥医師が間近だと言っていた」

「そうか、ごようすはどうだ」

「お顔色もいいし、お元気だ。お腹ももう、こう……」意次は手で丸く形を作る。

「御子が健やかな証しだろう」

「ああ、ならば、よかった」

　加門の笑顔に、

「うむ、それはまた知らせるからな」

　意次も笑顔になって、外へと出て行った。

　戸口に立った加門は、風の吹き入るまま、意次のうしろ姿が見えなくなるまで、見送った。

　二日後。

　日本橋の通りを曲がり、加門は米吟味所のある道に入った。

行く手に見える米吟味所の前には荷車が並び、中から荷物が運び出されている。上役の役人が差配をし、それを下役の御家人が受けて、米問屋の手代らを動かしている。荷運びの人足もおり、多くが出たり入ったりとめまぐるしい。

前をゆっくりと歩いていた加門は、奥に垣間見《かいまみ》えた姿に思わず足を止めた。高間伝兵衛と神尾春央だ。神尾は不機嫌そうに懐手をしているが、伝兵衛はさほどいやな顔もせずに手代に指示を出している。

すでに大きな儲けを得たのかもしれないな……。加門はそう思いつつ、伝兵衛の姿を横目で盗み見ながら、通り過ぎた。

一度、行き過ぎた加門は、辻まで行って踵を返した。今度は、より吟味所に近いほうの端を歩いて、戻ることにした。

役所の中からは、順に物が運び出され、荷物が積まれていく。文箱、帳簿、箱などを器用に重ねながら、手代らが言い交わす声が聞こえてきた。

「せっかく片付いたっていうのにな」

「ああ、まだ開いてひと月半だっていうのによ」

「半端な仕事はどうするんだろうな」

皆、小声でぶつぶつとこぼす。そこに来た年嵩の男が「しっ」と、指を立てた。

「開けたのも閉めるのも、お上《かみ》の命《めい》だ。よけいなことは言わんほうがいいぞ」

耳をそちらに向けながら、加門は通り過ぎる。

役所のざわめきが遠のいた所で、加門ははっと足を止めた。

前からやって来る男も同様に足を止めた。

松平乗邑だ。供は二人というお忍びの姿だ。

一歩、乗邑は踏み出した。

「やはりいたか、宮地加門」

「これは」加門は腰を折って、礼をする。

「かような場所で首座様にお目にかかるとは」

ふん、と乗邑の息が洩れた。と、半歩、足を出し、

「そなた、西の丸になにか言うたか」

上目で加門を見た。

加門はぐっと拳を握る。

「わたしは、知り得たことをご報告したまで」

「やはり、そうか」乗邑がまた半歩、間合いを詰めた。

「伝兵衛の屋敷に、鼠が入り込んだと聞いておったが」

加門は礼儀上顔を伏せたまま、ちらりと眼でその姿を捉えた。

乗邑はふっと口を歪める。

「あいわかった、それを確かめたかったまでのこと」

そう言い放つと、くるりと踵を返した。供侍は慌ててそのあとを追う。

乗邑は屋敷のある城のほうへと歩いて行く。

日本橋の人ごみのなかに、その姿は紛れて行く。

加門は握っていた拳をゆっくりと開いて、指を動かす。汗がたちまちに、乾いていくのが感じられた。

五

医学所から戻って来た加門は、裏口を開け放った。

表の窓も開け、ぬるくなった風を入れる。戸を開けようと、土間に下りると、そこにたたまれた紙片を見つけた。

〈西に来られよ　意次〉

西とは西の丸のことだ。意次から遣わされた小姓が差し入れていったに違いない。

加門はすぐに身支度を調え、西の丸へと向かった。

二月もすでに十五日。

意次の妻は、節分過ぎに亡くなり、葬儀もすんだと聞いている。役目に熱心な意次のこと、とうに普段どおり、出仕しているのだろう……。加門は思いを巡らせながら、城への道を急ぐ。

もしや、お逸の方様の御子が生まれたのか……。加門は駆けるように、西の丸への坂を上った。

「おう、加門、来たか、さ、奥へ」

迎え出た意次に、中奥の一室に案内される。

そこで懐手をしていた大岡忠光も顔を上げた。

「おお、加門か」

大奥の廊下から、足音が行き交う音が響いてくる。

「お生まれになったのですか」

腰を下ろした加門の問いに、隣に座った意次は首を振る。

「いや、まだだ。朝から陣痛がはじまったので、待っているのだ。お逸の方様から、なにかあったときのために、そなたを呼んでおけ、と言われてな」

「うむ」忠光も頷く。

「大奥におられる大納言様も、よいと仰せになられた。出産はなにが起こるかわからぬからな」

家重の正室は早産で亡くなっている。

「え、しかし」加門は手を上げる。

「なにも持ってきていません」

「なに」意次は笑みを作った。

「医術の道具は奥医師が持っている」

「うむ」忠光も頷く。

「まあ、念のためだ。問題はなかろうと奥医師も申していたしな」

ほう、と加門は肩の力を抜いた。

意次は身体を傾けて、ささやく。

「男《おのこ》であれば、御三家が調う」

「御三家」

「いや、御三家はすでにあるから、上様は御三卿《ごさんきょう》と称されるお心積もりらしいが」

「うむ」忠光も加わる。

「大納言様の御子であれば、田安家、一橋家に抗するに相応しい。清水御門《しみずごもん》の内側が空いているゆえ、そこに屋敷を建てればちょうどよろしかろう」

「なるほど」加門も北の丸の光景を思い出す。

「あの辺りはよい場所ですね」

今は木々や茂み以外はなにもない。あそこに屋敷か……。

「御三卿の一家を興すことができれば、大納言様を支える大きな力となる……」

「うむ、そこよ」

頷いた意次は天井を仰ぎ、

「男であってくれまいか」

両の手を組んだ。

大奥のざわめきが止んだ。

しばし、しんと静まる。

やがて、赤子の泣き声が伝わってきた。

「生まれた」

意次が腰を上げる。

「うむ、どちらか」

忠光は身をひねって障子を開けると、廊下に身を乗り出した。

再び起こったざわめきに、加門も廊下に歩み寄った。

三人が、唾を呑みながら、大奥に続く廊下を見つめる。

そちらから、ぱたぱたと足音が近づいて来た。

足を速めて、中奥の廊下に姿を見せたのは、大奥付きの尼僧だ。

「男でございます」

よく通る声で知らせる。

「おおっ」

たちまちに、部屋から庭から、人が集まり出す。

「男か」

忠光が眼を細め、意次も、

「ようし」

と、拳を上げた。

「やったな」

加門も同じく拳を突き上げる。

あちらこちらから、

「めでたいことよ」

「僥倖《ぎょうこう》、僥倖」

と、声が上がる。

忠光はじっとしておれないらしく、慌ただしく廊下へと出て行った。

意次は廊下から、空を仰いだ。

「不思議なものだな……消える命もあれば、生まれ出る命もある」

加門はその横顔に、黙って頷く。

二人は並んで、流れていく白い雲を見上げた。


朝の窓を開けると、すっかり春らしく温んだ風が流れ込んできた。

三月も近い。

加門は風呂敷の小さな包みを持つと、外へと出た。その足で、小伝馬町の牢屋敷へと向かう。

三月になると、島流しのための舟が出はじめる。風向きや波の具合を見て、舟が出されるのだ。遠島の刑を受けた罪人は、舟が出るまでは、牢屋敷の遠島部屋に入れられている。

加門は牢屋屋敷の内に入り、差し入れのために並んでいる人々のあとに付いた。

入牢中の罪人にも、差し入れは認められており、家族親族は食べ物や着物、布団や金など、さまざまな物を差し入れる。

順番が回ってきた加門は、風呂敷包みを置いた。

「遠島部屋の河辺鹿之助にお渡し願います」

「遠島部屋……中はなんだ」

役人は包みを開けると、

「算盤ではないか」

あきれ顔で加門を見上げた。

「はい、河辺鹿之助はもともと勘定役の家の出と聞いております。当人も算盤が達者で、多くの者に教えていたそうです」

「教えていたと……」役人が苦笑を漏らす。

「島に算盤を学ぶ者などいると思うか」

「いえ」加門は笑顔を返した。

「ですが、お役人のお役に立てるかと思いまして」

む、と役人の顔が締まる。

「ふむ……そうか」

島にも役所はあるが役人の数は少なく、戻って来た役人は皆、苦労話をするため、島のようすは広く知られている。

「罪人といえど、才は才、使わぬ手はないかと」

加門の言葉に、役人はうほんと咳払いを放つ。

「うむ、よし、許す」

役人は帳簿に書き込み、算盤は下男に渡された。

加門は牢屋敷の奥に目を向けた。

壁の向こうは見えないものの、そこに鹿之助がいるはずだ。算盤を受け取って、どのような顔になるか……。加門は思いをいたしながら、牢屋敷を出る。

春の風が、土埃《つちぼこり》を舞い上がらせ、加門は慌てて目を閉じた。

時代小説
二見時代小説文庫

御落胤《ごらくいん》の槍《やり》　御庭番《おにわばん》の二代目《にだいめ》6

著者　氷月《ひづき》　葵《あおい》

発行所　株式会社　二見書房
東京都千代田区神田三崎町二―一八―一一
電話　〇三―三五一五―二三一一［営業］
〇三―三五一五―二三一三［編集］
振替　〇〇一七〇―四―二六三九

印刷　株式会社　堀内印刷所
製本　株式会社　村上製本所

落丁・乱丁本はお取り替えいたします。
定価は、カバーに表示してあります。

 ISBN978-4-576-18011-3
http://www.futami.co.jp/

氷月 葵

御庭番の二代目 シリーズ

将軍直属の「御庭番」宮地家の若き二代目加門。
盟友と合力して江戸に降りかかる闇と闘う！

以下続刊

①将軍の跡継ぎ
②藩主の乱
③上様の笠
④首狙い
⑤老中の深謀
⑥御落胤の槍

婿殿は山同心

完結

①世直し隠し剣
②首吊り志願
③けんか大名

公事宿 裏始末

完結

①公事宿 裏始末 火車廻る
②公事宿 裏始末 気炎立つ
③公事宿 裏始末 濡れ衣奉行
④公事宿 裏始末 孤月の剣
⑤公事宿 裏始末 追っ手討ち

藤 水名子

隠密奉行 柘植長門守 シリーズ

伊賀を継ぐ忍び奉行が、幕府にはびこる悪を人知れず闇に葬る！

以下続刊

① 隠密奉行 柘植長門守《つげながとのかみ》 松平定信の懐刀
② 将軍家の姫
③ 大老の刺客
④ 薬込役の刃
⑤ 藩主謀殺

旗本三兄弟事件帖

完結

① 闇公方《やみくぼう》の影
② 徒目付《かちめつけ》 密命
③ 六十万石の罠

与力・仏の重蔵

完結

① 与力・仏の重蔵 情けの剣
② 密偵《いぬ》がいる
③ 奉行闇討ち
④ 修羅の剣
⑤ 鬼神の微笑

女剣士 美涼

完結

① 枕橋の御前
② 姫君ご乱行